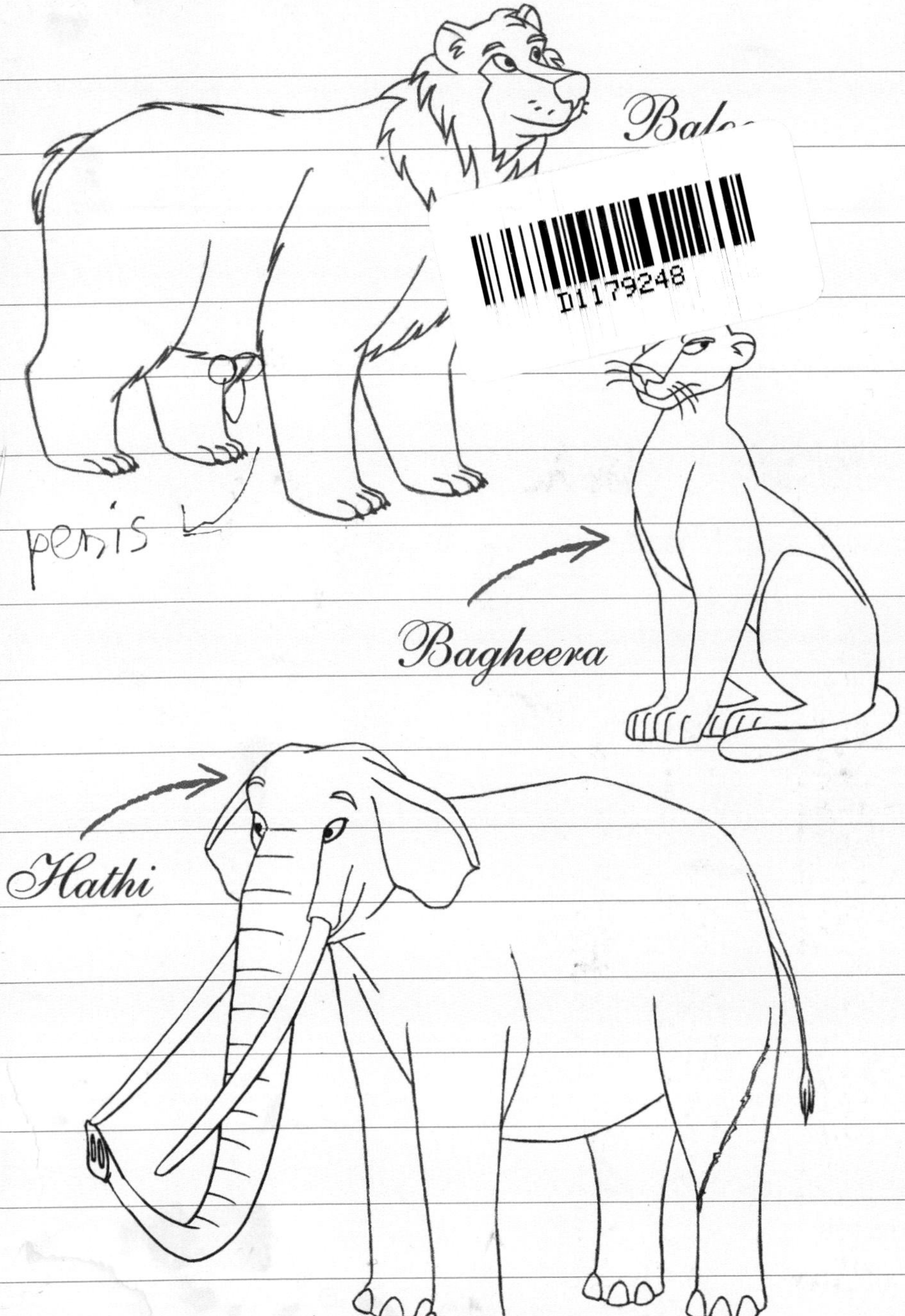
Bal
penis
Bagheera
Hathi

Geronimo Stilton

HET JUNGLEBOEK

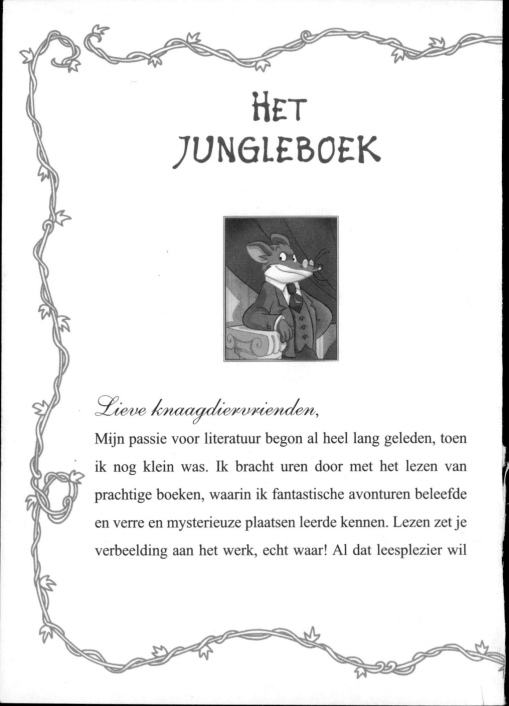

Lieve knaagdiervrienden,

Mijn passie voor literatuur begon al heel lang geleden, toen ik nog klein was. Ik bracht uren door met het lezen van prachtige boeken, waarin ik fantastische avonturen beleefde en verre en mysterieuze plaatsen leerde kennen. Lezen zet je verbeelding aan het werk, echt waar! Al dat leesplezier wil

ik graag met jullie delen door je enkele meesterwerken uit de jeugdliteratuur voor te stellen.
Dit is het verhaal van de kleine Mowgli, die vlucht voor de verschrikkelijke tijger Shere Khan en in de jungle een wolvenfamilie vindt, waarbij hij opgroeit. Voor hem zal een nieuw leven beginnen, in harmonie met de ongerepte natuur. Zijn nieuwe avontuurlijke vrienden zijn Bagheera, de panter, Baloe, de sympathieke beer en Kaa, de slang. Maar de roep van zijn muizennatuur is sterk en uiteindelijk zal Mowgli moeten kiezen waar hij verder wil leven: bij de muizen of bij de dieren in de jungle.

Geronimo Stilton

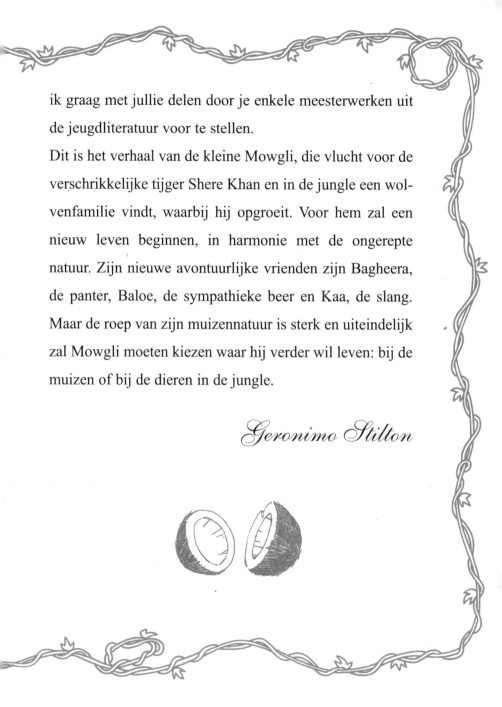

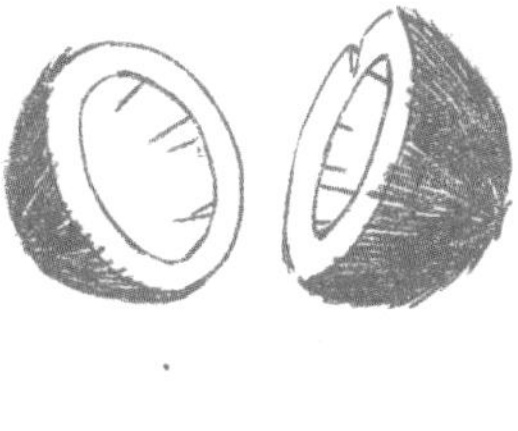

Oorspronkelijke tekst van Joseph Rudyard Kipling
vrij bewerkt door Geronimo Stilton

Oorspronkelijke titel:	Il libro della giungla
Omslag:	Flavio Ferron
Illustraties:	Elisabetta Giulivi, Marco Mazzarello, Alessandro Pastrovicchio, Roberta Tedeschi, Luca Usai en Concetta Valentino
Vertaling:	Baeckens Books
Redactie:	Catalina Steenkoop, Vio Letter & DWM

www.dewakkeremuis.nl

ISBN 978 90 8592 103 5
NUR 282/283

Druk: Drukkerij Wilco, Amersfoort

Geronimo Stilton

HET JUNGLEBOEK

VAN JOSEPH RUDYARD KIPLING

De Wakkere Muis

Een muisje in het hol van de wolf

De avond viel over de heuvels van Seeonee. In het knusse, WARME hol genoot papa Wolf van de laatste ogenblikken van rust voor hij op jacht ging. Mama Wolf lag naast hem, OMRINGD door hun vier LEVENDIGE wolvenjongen. De wolf raakte de welpjes allemaal even aan met zijn neus om dag te zeggen: ‘Nu ik op jacht ga, moeten jullie flink zijn!’

Maar net op dat ogenblik werd de ingang van het hol verduisterd door een verschrikkelijke SCHADUW: het was Tabaqui, de jakhals!

In de jungle had Tabaqui geen goede naam: het enige wat hij deed was snuffelen tussen het afval, iedereen PLAGEN en zich werkelijk overal mee bemoeien. Inderdaad een heel irritant type! Toen hij dus even om de hoek van het hol kwam KIJKEN, keek papa Wolf hem schuin aan.

'Kom maar binnen, Tabaqui, maar weet wel dat hier niet veel eten te vinden is.'

Tabaqui antwoordde op een gemaakt **NEDERIGE** toon: 'Maar ik ben al tevreden met een heel klein restje... een KLUIFJE zoals dit hier, bijvoorbeeld!'

Hij pakte het bot, ging op de grond liggen en begon gretig aan zijn buit te knagen...

Eigenlijk had zijn bezoek aan het wolvenhol een ander doel: hij kwam een **belangrijk** bericht brengen! 'Shere Khan heeft mij gezegd

dat hij bij nieuwe maan hier in deze buurt zal komen jagen. Misschien is hij er zelfs al!'
De wolven stonden paf. Shere Khan was een **IMMENSE** tijger, die even SLECHT als dom was. Hij waande zich onverslaanbaar, maar hij viel altijd alleen maar hulpeloos vee aan. Hij was echt heel **VALS!**
Mama Wolf werd razend: 'Shere Khan heeft het recht niet om hier te komen! De *Wet van de Jungle* is duidelijk: niemand mag zijn eigen territorium verlaten zonder de toestemming van de anderen.'
Papa Wolf was ook ***WOEDEND:*** 'Die tijger heeft de muizen uitgedaagd door hun vee te grijpen. Je zal zien: als de jagers komen om hem dat betaald te zetten, zullen ook onze kinderen moeten ***VLUCHTEN*** en dat is niet eerlijk!'

Er viel een stilte in het hol. Toen likte Tabaqui zijn snorharen schoon, kneep zijn OOGJES tot gele spleetjes en vroeg: 'Dus je wilt dat ik mijn baas Shere Khan vertel dat je niet akkoord gaat?'

Wat een GEMEEN misbaksel! Hij was een spion, gestuurd door Shere Khan!!! Nog voor de wolven konden antwoorden, sloop hij het hol uit en verdween in de schaduwen van de schemering. Toen papa Wolf bij de ingang van het hol ging staan, hoorde hij het gebrul van een tijger: hij was er dus al!

Hij schudde zijn kop: 'Wat een dommerik! Als hij zoveel herrie maakt, is zijn prooi 'm al lang GESMEERD!'

Mama Wolf fluisterde: 'Luister goed: hij zoekt niet zomaar een prooi. Vanavond wil hij op de muizen jagen!'

In de jungle was de jacht op muizen streng verboden: in de eerste plaats was de muis te zwak om aangevallen te worden en in de tweede plaats drongen er vaak jagers de jungle binnen, uit wraak voor de aanval op één enkele muis. Terwijl de wolven in het halfdonker hun oren SPITSTEN, denkend aan de verboden jacht van Shere Khan, werd de stilte nogmaals doorbroken door een WOEST gebrul. Nu leek de tijger nog dichterbij!

Papa Wolf luisterde aandachtig: 'Hij moet zijn DOEL gemist hebben! Misschien is hij gewond…'

Op dat ogenblik deinsde mama Wolf achteruit de schaduw in: 'Er is iemand!'

Papa Wolf nam een AANLOOP om de indringer aan te vallen, maar hield halverwege zijn sprong in. Vóór hem stond geen vijand, maar een klein, mollig, GLIMLACHEND wezentje.

Papa Wolf snoof: ‘Het is een muizenjong!’

‘Vlug, laten we hem in veiligheid brengen!’ zei mama Wolf.

Papa Wolf nam hem heel voorzichtig tussen zijn tanden, ervoor zorgend dat hij hem niet BEET. Het knagertje had een dikke warrige haardos en liep zonder ANGST naar de wolvin. Hij baande zich een weg tussen de welpen en kroop lekker tegen de warme vacht van haar buik. Vertederd nam mama Wolf hem meteen met liefde op. Op dat moment stak Shere Khan woedend zijn kop in het hol, maar hij kon niet naar binnen. Hij was te dik!
Hij blies en gromde: ‘Geef mij wat van mij is! Geef mij dat kleine muisje!’

Papa Wolf antwoordde: 'Wij wolven zijn een vrij volk en wij luisteren alleen naar orders van de leider van onze roedel. Wij gehoorzamen geen moordenaars!'

De tijger stootte een vreselijk gebrul uit, dat de ROTSWANDEN van het hol deed trillen: 'Hoe durf je?! Ik, ik ben Shere Khan!'

Mama Wolf zette DREIGEND een stap vooruit en gromde: 'En ik ben Rashka en dit muizenjong is van *mij* en zal met *mijn* kinderen opgroeien... Pas maar goed op, Shere Khan, want op een dag zal hij op *jou* jagen!'

Mama Wolf was zo woedend dat de **DIKKE** tijger de aftocht blies. Toen ze zeker wisten dat hij weg was, slaakten mama en papa Wolf een ***ZUCHT*** van verlichting.

Papa Wolf vroeg: 'Weet je zeker dat je hem wilt

houden? We moeten dan wel toestemming vragen aan de roedel.'
Mama Wolf antwoordde: 'Hij is hier bij het vallen van de **NACHT** alleen en hulpeloos aangekomen… Natuurlijk wil ik hem houden, ik ben niet bang! Ik zal hem Mowgli noemen. We zullen hem samen met de andere welpjes voorstellen aan de roedel, zodra ze kunnen lopen.'

Onder de Rots van de Raad

Eens per maand kwamen de wolven samen in het schijnsel van de VOLLE maan, onder de Rots van de Raad. De jongen die inmiddels hadden leren LOPEN, werden voorgesteld aan de roedel. Zo werden ze opgenomen in de grote wolvenfamilie. Zoals altijd begon het RITUEEL ook deze keer na de aankomst van Akela, een oude wolf, die door iedereen werd erkend als leider van de roedel.

Akela begon de jongen aan de roedel te tonen:
'KIJK, KIJK goed, o wolven!'
Die uitspraak beantwoordden de jongeren en de volwassenen met het besnuffelen van de nieuwkomers. Op het gepaste moment werd Mowgli door zijn moeder naar voren geduwd. Hij stond nu midden in het maanlicht.

Opnieuw slaakte Akela zijn kreet.
'KIJK, KIJK goed, o wolven!'
Toen kwam er een diepe stem uit de duisternis. Het was Shere Khan die zijn recht kwam halen: 'Dat muizenjong is van mij! Geef hem terug! Wat moet het vrije wolvenvolk met een muizenjong?'
Iedereen bleef stil tot een wolf de vraag opnieuw afvuurde: 'Hij heeft gelijk! Wat moet ons volk met een muizenjong?'

Akela herinnerde de wolven aan de wet van de roedel: ‘Nu iemand die vraag heeft opgeworpen, zeg ik je dat Mowgli alleen deel mag worden van de roedel, als tenminste twee van jullie iets goeds over hem kunnen zeggen.’

Er viel een stilte over de Rots van de Raad. Mama Wolf keek bezorgd naar het kleine muisje.

‘Ik zal voor het muizenjong spreken!’ Iedereen DRAAIDE zich om en daar stond Baloe de beer. Hij behoorde niet tot de roedel, maar hij mocht op een vergadering zijn zegje doen en er werd naar hem geluisterd. Hij voedde zich met TAKKEN, BLADEREN en honing en was altijd al met de wolven bevriend geweest.

Baloe stapte langzaam naar voren en sprak met kalme stem: ‘Hij zal niemand PIJN doen! Ik

bied me persoonlijk aan om hem de Wet van de JUNGLE te leren.'

Akela gaf een teken en zei: 'Er is nog iemand nodig die voor het muizenjong spreekt.'

Een soepele SCHADUW, nog donkerder dan de nacht, sprong uit het niets op de rots: het was Bagheera, de zwarte panter. Zijn glanzende vacht glom in het maanlicht. Hij zei: 'Mag ik wat zeggen?'

Wel twintig NIEUWSGIERIG geworden wolven moedigden hem aan: 'Spreek! Spreek!'

Akela knikte: 'Zeg het maar, Bagheera.'

'Ik wil de roedel graag de os aanbieden die ik net gegrepen heb, zodat het muizenjong bij de wolven kan blijven.'

De jongeren, die altijd UITGEHONGERD waren, schaarden zich onmiddellijk achter hem:

'Dat is pas een goed IDEE!'
Bagheera wees de roedel de plaats aan waar hij de os had achtergelaten, en iedereen ging die KANT op, behalve Akela, Baloe, Bagheera en de familie van Mowgli.

Shere Khan brulde van woede.
Bagheera daagde hem uit:
'Klagen heeft geen zin! Je weet hoe de muizen zijn; de kleine Mowgli zal groeien en dan... zul je wel wat anders te klagen hebben!'
Daarna richtte de panter zich tot de anderen en zei: 'Ik voel dat dit muizenjong nog heel wat voor ons gaat betekenen.'
Akela knikte, en toen trok iedereen zich terug.
Ondertussen, in het DUISTER van de nacht, mompelde Shere Khan bij zichzelf: 'Dit is nog niet afgelopen!'

Het volk zonder wet

Jaren gingen voorbij: Mowgli groeide en werd steeds **STERKER.** Hij bracht dagenlang door met Baloe de beer, terwijl hij steeds meer over de Wet van de Jungle leerde. Baloe was erg tevreden: gewoonlijk waren zijn leerlingen verstrooide wolvenjongen, die veel liever gingen *SPELEN,* maar

Mowgli was oplettend en nieuwsgierig. Hij kende inmiddels al heel veel leefregels van de JUNGLE, zoals: “We zijn allemaal van hetzelfde bloed” en “Je jaagt om te eten, niet voor je plezier”. Hij had ook met de wespen leren omgaan en de waterringslangen en hij kon nu in één oogopslag de sterke takken onderscheiden van de slappe en DOORWEEKTE. Hij kon klauteren als een aap, lopen als een jachtluipaard en zwemmen als een vis. Bagheera kwam hem van tijd tot tijd een bezoekje brengen: hij hield zijn VOORUITGANG in de gaten en maakte ondertussen een praatje met zijn wolvenvrienden.

Mowgli was zo TROTS op zichzelf, dat hij op een dag zei: ‘Nu kan ik met alle stammen van de jungle praten. En op een dag zal ik mijn eigen stam hebben!'

Baloe kon zijn LACHEN niet inhouden: 'En wie heeft je *dàt* wijsgemaakt?'

Mowgli antwoordde: 'Dat hebben de apen mij verteld!'

Baloe kreeg een KOUDE rilling en de ogen van Bagheera schoten vuur: 'Heb je het Apenvolk ontmoet?'

'Ja, hoezo?' vroeg Mowgli verbaasd. Het muizenjong probeerde zich te VERONTSCHULDIGEN: 'Ze hebben me noten gegeven en ik heb leuk met ze gespeeld. Bovendien lopen ze ook rechtop, net als ik. Ze willen zelfs dat ik hun leider word!'

Baloe legde met rustige en diepe stem uit: 'Het Apenvolk heeft *geen* leider, het heeft *geen* eigen taal, het leeft *zonder* regels, het EET wat het

vindt en is alleen maar bezig met aandacht trekken. Apen zijn nietsnutten en plaaggeesten. Ze scheppen op over hun grote daden, maar er hoeft maar een kokosnoot naar BENEDEN te vallen of ze gieren al van het lachen.'

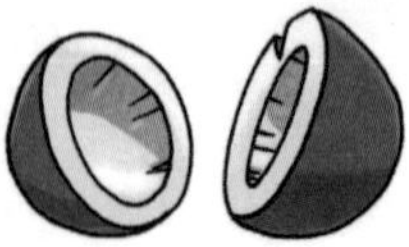

Mowgli kon zijn oren niet geloven, de apen leken zo AARDIG!

Baloe ging verder: 'De apen leven in de BOMEN, niet op de grond. Onthoud goed, Mowgli: het is voor het Volk van de Jungle ten strengste VERBODEN met de apen om te gaan.'

Toen Baloe was uitgesproken, kwam er uit de bomen een REGEN van stokjes, schillen, notendopjes en allerlei ander afval neervallen. De apen hadden alles gehoord en waren uit op wraak: ze voelden zich zwaar BELEDIGD!

Een van hen kreeg een idee, dat GENIAAL leek. Hij herinnerde zich dat Mowgli hutten kon bouwen met gevlochten BLADEREN en takken. Waarom zouden ze hem dan niet ontvoeren, en hem die geheimen ontfutselen zodat ze aan de rest van de JUNGLE konden laten zien hoe handig de apen wel waren?!

Zijn makkers vonden het een uitstekend plan. Ze besloten te wachten tot Mowgli *rustig* lag te slapen.

In een diepe slaap gedompeld, droomde Mowgli dat **STERKE** poten hem bij alle vier z'n pootjes grepen. Pas toen hij wakker werd, merkte hij dat hij zich **hoog** in een boom bevond en werd meegesleept door vier *BEHENDIGE* apen. Hij hoorde het **gebrul** van Bagheera en het geluid van brekende takken dat steeds dichterbij kwam. Hij hoorde de stem van Baloe, die hem bezorgd riep. Maar al snel hoorde Mowgli zijn vrienden niet meer. De apen klauterden steeds hoger en hoger, en sprongen van de ene op de andere tak. Op een bepaald moment zag Mowgli Rann, de wouw, vliegen. Hij sprak de taal van de vogels en kon hem een hulpkreet toeschreeuwen: 'Jij en ik zijn van hetzelfde bloed! Volg mij en laat daarna Baloe en Bagheera weten waar de apen me naartoe brengen!'

Rann antwoordde: 'En in wiens naam, broeder?'

'Vertel ze dat Mowgli, het muizenjong, je gestuurd heeft!'

Avontuur in de Koude Krotten

De **RIT** tussen de takken door had Mowgli naar de Verloren Stad gevoerd, ook bekend onder de naam **KOUDE KROTTEN**, omdat er **OUDE**, verlaten huizen stonden.

Voor Mowgli was dit echt een betoverende plaats: het waren de ruïnes van een *antieke* Indiase stad, die een koning lang geleden op de top van een heuvel had laten bouwen. Tussen het witte marmer woekerden allerlei **planten** ze hadden zich zelfs verspreid tot in de gebouwen, die al tijdenlang leegstonden.

De apen geloofden dat dit hun stad was, en bluften dat ze meer waard waren dan

de andere dieren. Ze maakten acrobatische SPRONGEN, liepen langs ramen en daken en floepten als gekken van binnen naar buiten en omgekeerd. In de troonzaal aapten ze de muizen na en daarna hurkten ze neer op de daklijsten om elkaar te vlooien. Buiten schudden andere apen aan takken met onrijpe vruchten en BLOEMEN. Sommige waren aan het drinken, maar zetten daarbij hun poten in de bekkens waaruit ze dronken, zodat het water vies werd.

Mowgli keek verbaasd naar dit tafereel en dacht: Baloe en Bagheera hadden gelijk; wie zich op zo'n domme manier gedraagt, kan niet te VERTROUWEN zijn!

Inmiddels had hij een reuzenhonger, daarom vroeg hij iets te eten. Twee apen boden aan om hem wat fruit te brengen, maar na enkele passen begonnen ze elkaar ACHTERNA TE LOPEN en te jennen en vergaten ze wat ze hadden beloofd.

Mowgli was sprakeloos: hij kon bijna niet geloven dat er zulke DOMME dieren bestonden! Hij was net van plan ze terug te roepen, toen een grotere aap op een steen klom en aan een lange toespraak begon.

Hij zei dat met de gevangenneming van Mowgli een belangrijke periode aanbrak voor het Apenvolk: Mowgli zou hen schuttingen, hutten en vele andere dingen leren BOUWEN en de apen zouden iedereen bewijzen dat ze heus wel wat konden. Toen Mowgli dit

hoorde, vond hij dat hij daar best aan mee kon werken. Hij raapte enkele takjes op en liet zien hoe je ze moest vlechten om hutten en kleine afdakjes te BOUWEN.

In het begin zat een aantal apen aandachtig te kijken, maar vervolgens begon de groep weer te SCHREEUWEN en lawaai te maken en tenslotte eindigden ze dansend.

ONTMOEDIGD hield Mowgli op, maar omdat hij nog steeds honger had, begon hij door de Koude Krotten rond te dolen.

Hij dacht: Er valt echt niets te beginnen met die apen! Ik moet hier zo snel mogelijk weg en op zoek gaan naar mijn vrienden. Zelfs al zijn ze boos op me, ik weet zeker dat

we weer vrede kunnen sluiten.
In gedachten verzonken BRACHTEN zijn benen hem steeds verder weg van de Verloren Stad. Hij was al aan de grens van de oude ruïnes, toen een groepje apen hem weer vastgreep en hem meesleepte naar het feest-gedruis, bovenop een balkon.
De aap die eerder een toespraak had gehouden, riep: 'We zijn groot!
We zijn vrij!
We zijn fantastisch!'

De andere antwoordden in koor: 'Het is waar! Het is waar! Het is echt waar!'
Mowgli keek onthutst naar deze CHAOTISCHE toestand, maar hij was niet de enige...

Een python als vriend

Terwijl Mowgli ontvoerd werd naar de Koude Krotten, hadden Baloe en Bagheera vanaf de grond de haastige ontsnapping van de apen gevolgd. Maar apen waren heel snel, te snel voor de dikke, luie en TRAGE beer Baloe. Hij hijgde en pufte, en hield niet op met mopperen terwijl hij zich inspande om de apen niet uit het oog te verliezen. Plotseling draaide de panter zich naar hem toe en zei: 'Baloe, op deze manier halen we ze nooit in! Stop jij maar en rust uit.' 'Maar ik kan Mowgli niet in de steek laten! Ik

voel me ontzettend SCHULDIG omdat ik niet goed genoeg heb opgelet…'
Bagheera schudde zijn kop en probeerde zijn vriend te overtuigen: 'Je bent erg moe, Baloe. De apen zijn met te veel voor ons tweetjes. We moeten hulp vragen aan Kaa, de python: alleen hij kan iets doen!'
Ze vonden de slang opgerold op een ROTS.
Bagheera dacht goed na over hoe ze het zouden aanpakken, want Kaa was oud en behalve een beetje doof, was hij ook prikkelbaar. De panter begroette hem met luide stem en Kaa hief zijn kop omhoog, terwijl hij zijn lange, gespierde lijf afrolde. Hij keek hen aan en zei: 'Baloe!

Bagheera! Wat doen jullie hier?'
Baloe antwoordde: 'We zijn aan het jagen...'
'Ik zou graag met jullie meegaan, maar ik heb al een tijdje niet gegeten en ik voel me zo SLAP als was.'

'Ach, kom mee: jij bent **STERK** en wijs. Het zou een eer voor ons zijn om samen met jou op jacht te gaan!'
'Ik moet wel zeggen dat ik niet meer zomaar overal tussen kan kruipen. Inmiddels kunnen alleen de dikste TAKKEN mijn gewicht nog dragen. De laatste keer dat ik het gewaagd heb om tot in de **hoogste** en dunste takken te klimmen, ben ik van een duizelingwekkende hoogte naar beneden gevallen en de apen vonden dat heel grappig!'
Bagheera probeerde hem te *kalmeren:* 'De apen zijn vreselijk, ze hebben voor niemand respect!'

Kaa werd kwaad: 'Ze zijn een schande! Ze zijn op een ander grondgebied gaan wonen: ik heb ze niet zo ver hier vandaan tussen de takken horen lopen.'
Baloe kwam ertussen: 'Ja, ze moeten hier inderdaad LANGSGEKOMEN zijn. Wij zijn naar ze op zoek, want ze hebben Mowgli, het muizenjong, ontvoerd.'
De dikke python was erg geïnteresseerd: 'Ik heb horen vertellen over een misbaksel dat was opgenomen door het Wolvenvolk, maar ik geloofde het niet.'

Baloe antwoordde: 'Je zou hem moeten leren kennen, Kaa! Hij is *edelmoedig* en intelligent… hij is een van ons!' Bagheera voegde eraan toe: 'Kom met ons mee. Jij bent het enige dier

in de hele JUNGLE voor wie de apen echt bang zijn. Dit is je kans om ze te straffen voor hun brutaliteit en ons te helpen om onze vriend Mowgli te BEVRIJDEN.'

'Oké, jullie hebben me overtuigd! Ik zal met jullie meekomen… welke kant moeten we op?'

Bagheera antwoordde: 'We zijn ze jammer genoeg uit het OOG verloren...' Zijn zin werd onderbroken door een schreeuw die van boven kwam: 'Baloe! Bagheera!'

Het was Rann, de wouw: 'Het muizenjong met de naam Mowgli is naar de KOUDE KROTTEN gebracht, in de Verloren Stad.'

Baloe slaakte een zucht van verlichting en Bagheera antwoordde: 'Dank je, Rann! Dit is een belangrijk bericht! We zullen nooit vergeten welke dienst je ons bewezen hebt!'

Rann vloog recht omhoog en kwetterde: 'Geen

dank: Mowgli kende de taal van de vogels, ik kon niet anders, ik moést hem helpen!'
Bagheera, Baloe en Kaa besloten meteen te VERTREKKEN: Baloe zou er op zijn normale tempo naartoe gaan en de andere twee zouden hun tocht in een hoger tempo voortzetten. Zo gezegd, zo gedaan. Bagheera begon te lopen en Kaa schoot PIJLSNEL vooruit in het gras: het lukte hem prima de panter voor te blijven. Als hij terrein verloor, haalde hij dat weer in wanneer hij zich in riviertjes met de stroom kon laten meedrijven. In een mum van tijd kwamen ze aan bij de Koude Krotten en daar, goed verstopt, keken ze naar de DANS van de apen: dezelfde waar ook Mowgli naar keek.

DE ONZEN KOMEN ERAAN!

Kaa bestudeerde de uitbundige feestvreugde en richtte zich tot Bagheera: ‘Ze zijn zo druk bezig met dansen, dat ik ze gemakkelijk in de rug zou kunnen...’
Bagheera liet hem niet uitspreken: ‘Goed, op het ogenblik dat die **WOLK** daar voor de zon schuift, klim ik naar het balkon, waar ze Mowgli naartoe gebracht hebben.’
‘Dan zien we elkaar daar.’ Kaa kroop stil in de aanvalshouding. Een paar minuten later hoorde Mowgli op het balkon de LICHTE stap van de panter. Die domme apen maakten zoveel

HERRIE dat maar een van hen merkte wat er gaande was en krijste: 'Er is een panter! Hou hem tegen!'

Een groepje haastte zich naar Bagheera

en gingen een VRESELIJKE strijd met hem aan. Ondertussen werd Mowgli weer gevangengenomen en de apen lieten hem door een spleet in het dak in een gebouw zonder ramen zakken.

Ze krijsten: 'We komen terug als we je vriend, de panter, verslagen hebben. Tenminste, als je het GIFTIGE VOLK overleeft.'

Mowgli kwam op zijn poten terecht en bevond zich in een donkere ruimte. Onmiddellijk sprak hij tegen de slangen, die in de schemering om hem heen krioelden. 'We zijn van hetzelfde bloed, jullie en ik!'

Ook deze keer won hij met zijn boodschap het

vertrouwen van zijn dierenvrienden. De slangen kalmeerden en antwoordden: ‘Let wel op dat je ons niet plat trapt, broertje.’
Mowgli bleef onbeweeglijk staan en luisterde. Hij wist dat ook Baloe er snel zou zij. Dàn zou het wel makkelijker worden om die apen te overmeesteren. De arme Bagheera zat in moeilijkheden: ze vielen hem van alle kanten aan!
Mowgli schreeuwde: ‘Bagheera! Laat je in het waterbekken vallen!’

De panter was intens gelukkig toen hij die stem hoorde: het betekende dat het goed ging met het muizenjong! Van blijdschap kreeg hij weer nieuwe kracht en hij baande zich een weg naar de waterbak: de apen waren veel te BANG voor water om hem daar te volgen!

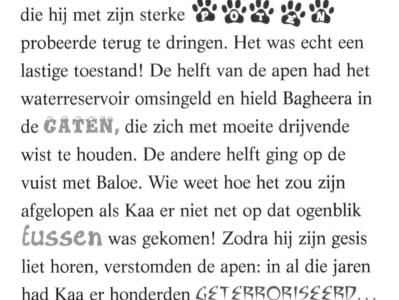

Net toen hij een duik nam, hoorde hij de stem van Baloe, die zei: 'Ik ben er!' En meteen daarna werd hij OMSINGELD door een groep apen, die hij met zijn sterke POTEN probeerde terug te dringen. Het was echt een lastige toestand! De helft van de apen had het waterreservoir omsingeld en hield Bagheera in de GATEN, die zich met moeite drijvende wist te houden. De andere helft ging op de vuist met Baloe. Wie weet hoe het zou zijn afgelopen als Kaa er niet net op dat ogenblik tussen was gekomen! Zodra hij zijn gesis liet horen, verstomden de apen: in al die jaren had Kaa er honderden GETERRORISEERD… Zijn naam was al genoeg om PANIEK te zaaien. De apen maakten zich klein en zochten

bescherming in de TAKKEN van de bomen. Bagheera kwam uit het bekken: hij droop en op verschillende plaatsen waren haren uit zijn vacht gerukt. In de war en lelijk toegetakeld, ging Baloe naar hem toe.
Ze riepen samen: 'Mowgli, waar ben je?'
Uit de diepte van het verlaten huis antwoordde een stemmetje: 'Hier ben ik!'
Om hem heen RICHTTE het koor van cobra's zich op: 'Kom hem halen, als hij zo verder blijft springen, zal hij onze kleintjes verpletteren!'
Er verscheen een brede GLIMLACH op het gezicht van Kaa: 'Jullie kleine muis maakt ook overal vrienden! Ik zal hem daar weghalen en ik zorg ervoor dat de

apen zelfs niet zullen BEWEGEN!'
De python ging naar de muur waarachter Mowgli zich bevond. Met zijn staart gaf hij enkele KRACHTIGE slagen op de plek waar een kleine barst in de muur zat: de stenen verbrokkelden als droge modder. Snel kroop Mowgli naar buiten om Baloe en Bagheera te omhelzen. Daarna wendde hij zich VRIENDELIJK tot Kaa: 'Wij zijn van hetzelfde bloed, jij en ik. Aan jou heb ik mijn leven en dat van mijn vrienden te danken.'

Kaa stelde zijn dankbaarheid zeer op prijs, maar hij greep zijn kans om het verschil tussen hen beide te onderstrepen: 'Wat zou jij voor mij kunnen doen, kleine muis, ik ben een van de sterkste dieren van de JUNGLE!'
Mowgli aarzelde niet en antwoordde vastbera-

den: 'Je hebt gelijk, ik ben nog klein, maar met mijn poten kan ik veel. Ik zou je bijvoorbeeld in veiligheid kunnen brengen als je in een VAL terecht zou komen. Ik zou je ook kunnen helpen **JAGEN** en ik zou blij zijn als ik voor jou, Baloe en Bagheera nog andere dingen kan doen, omdat jullie mijn leven gered hebben.' Kaa legde zijn kop op de schouder van Mowgli: 'Je bent **moedig** en je praat wijs. Dat zal je goed van pas komen. Maar nu moeten jullie weggaan, ik blijf hier... ik heb nog een **APPELTJE** te schillen met de apen en het moment om dat te doen, is nu gekomen.'

De kronkels van Kaa

Kaa ging onbeweeglijk in het midden van het balkon liggen. De apen die in de BOMEN verstopt zaten, staarden hem DOODSBANG aan. Terwijl Baloe zich waste bij het bekken en Bagheera zich schoon likte, begon Kaa te sissen en kronkelend met zijn lijf cirkels te tekenen in het stof op het balkon. Zijn schubben glinsterden in het licht van de zon, die inmiddels al heel laag stond. De OGEN van de apen waren strak op Kaa gericht en ze zagen alleen nog hem. Zelfs Bagheera en Baloe bleven even onbeweeglijk staan kijken. Kaa bleef dansen tot het DONKER was. Je kon zijn schubben bijna niet meer zien, maar je kon zijn gesis nog horen en het GERITSEL van zijn lijf, dat over het marmer kroop.

Kaa vroeg: 'Luissster, hoor je mij?'

De apen antwoordden in koor: 'Ja!'

'Kom dan naar mij toe!' Alle apen kwamen tegelijk in beweging. Ook Bagheera en Baloe deden een stap naar voren. Mowgli stak verbaasd zijn poot uit om ze aan te raken. De beer en de panter keken elkaar GESCHROKKEN aan, alsof ze wakker werden uit een diepe slaap.

'Neem ons mee hiervandaan, Mowgli, of wij eindigen ook nog in de muil van Kaa!'

Mowgli begreep niet wat er aan de POOT was: 'Het is toch maar een kruipende slang!' 'Jij kan dat niet begrijpen,' legde Bagheera hem uit. 'Met die bewegingen hypnotiseert Kaa zijn prooi: het lukt niemand om zich los te maken van zijn wil. Daarom is hij een alom gevreesd ROOFDIER!'

Bij die woorden liet ook Baloe van zich horen: 'Zeg eens, Mowgli, wat zou de Wet van de Jungle zeggen over wat er vandaag gebeurd is?'

Mowgli sloeg de ogen neer: 'Ik weet het... ik heb het leven van mijn vrienden op het spel gezet omdat ik PLEZIER gemaakt heb met de apen. Je hebt het volste recht om mij te straffen...'

Baloe en Bagheera keken elkaar aan: ze hielden allebei van Mowgli en ze zouden hem voor niets ter wereld willen straffen, maar ze wisten

dat de Wet van de JUNGLE nageleefd moest worden. Dus gaf Bagheera hem een paar tikken op zijn kop om hem niet tè streng terecht te wijzen.

'Goed!' zei Baloe. 'Het mooie aan de Wet van de Jungle is dat je na je straf weer vrienden wordt zoals vroeger. De Wet verlangt alleen maar dat je het juiste doet.'
Bagheera zei: 'Vooruit, Mowgli, klim op mijn rug en laten we naar huis gaan.'
Mowgli klom op de rug van de panter en viel in een diepe slaap.

De Waterstilstand

Baloe de beer was een onvermoeibare leraar. Hij bracht hele dagen door met Mowgli de Wetten van de Jungle uit te leggen en ook de geheimen waarmee hij INGEWIKKELDE situaties kon overwinnen.
Mowgli luisterde naar hem, maar op een dag vroeg hij: 'Die Wet lijkt me toch een beetje SAAI! Hoe is het toch mogelijk dat iedereen altijd gehoorzaamt?'
En Baloe verklaarde: 'De Wet moet de **RECHTVAARDIGHEID** verzekeren. Als iemand de Wet niet naleeft, zorgen de anderen er wel voor

dat diegene weer op het rechte pad komt. Maar er is wel één SPECIALE omstandigheid.'
Nu werd Mowgli NIEUWSGIERIG:
'En dat is?'
'Dat is de droogte... Ik hoop dat je dat nooit hoeft mee te maken: de noodtoestand wordt uitgeroepen als het niet regent en er waterschaarste is...'
Terwijl ze daarover van gedachten wisselden, konden noch Baloe noch Mowgli zich voorstellen dat die gevreesde droogte er al aan zat te komen...
Het begon allemaal zonder dat de JUNGLE er iets van merkte. Alleen de oudsten begrepen meteen wat er gaande was. Zo klaagde Sahi het stekelvarken dat de wilde aardappelen aan het uitdrogen waren. Aangezien hij bekend stond als een nogal kieskeurig figuur, vroeg

Mowgli hem: ‘En wat dan nog?!’

‘Nu interesseert het je nog niet, maar binnenkort zul je het begrijpen, broertje. Zeg eens even: is er voldoende water in de rivier om van de Bijenrots te DUIKEN?’

‘Eigenlijk niet, het lijkt alsof het water aan het **WEGLOPEN** is!’ antwoordde Mowgli.

En met een uitstraling van iemand die er alles over weet, sprak Sahi: ‘Je zult wel zien, je zult wel zien…’

Ook Baloe was **BEZORGD**:

‘Als ik het niet zo erg zou vinden om jou en mijn vrienden achter te laten, was ik al naar een ander territorium verhuisd.’

Mowgli vroeg: ‘Waar maak je je dan zo *ongerust* over, Baloe?’

'Er breken moeilijke tijden aan, broertje.'
En inderdaad, enkele weken later trokken de apen, de vogels en sommige andere dieren, die zich SNEL konden verplaatsen, naar het noorden. Mowgli ontdekte voor het eerst wat honger was: hij leerde de droge honing uit de verlaten bijenkorven te krabben en jaagde zelfs op wormen om toch maar iets in zijn bek te kunnen steken. Maar niets was erger dan de DORST, want een bijna lege maag kan je een tijdje verdragen, maar zonder drinken houd je het veel minder lang vol. Het werd dag na dag warmer en eerst werd de bodem geel, toen bruin en uiteindelijk zwart, alsof hij VERBRAND was. Van de brede Waingunga rivier bleef nog maar een smal beekje over.

Het was in die dagen dat Hathi de olifant uit de rivierbedding een grijsblauwe ROTS aan de oppervlakte zag komen. Het was de legendarische Rots van de Vrede: als je die kon zien betekende het dat de droogte haar dieptepunt bereikt had en het om te overleven noodzakelijk was de Waterstilstand af te kondigen: roofdieren moesten zij aan zij met hun prooi kunnen drinken, het laatste water moest voor iedereen BEREIKBAAR zijn, zonder dat de dieren op elkaar zouden jagen.

Aan de oevers van de rivier

Op een middag ging Mowgli naar de rivier in gezelschap van Baloe en Bagheera. De dieren hadden zich verspreid langs de stoffige waterkant en stroomopwaarts stond Hathi, de olifant, die controleerde of iedereen zich aan de Waterstilstand hield. Bagheera bereikte de oever en keek naar de overkant, waar alle planteneters samengekomen waren: buffels, herten en hertenkalfjes.
Met luide en duidelijke stem zei hij: 'Als er geen Waterstilstand was, zou het vandaag een jacht zijn om nooit te vergeten...'

De herten, de damherten en alle andere dieren die het gehoord hadden, bleven als versteend staan, tot Hathi schreeuwde: ‘De Stilstand! Denk aan de Waterstilstand!’

Bagheera geeuwde: ‘Ik RESPECTEER de Stilstand en dat weten jullie! Ik ben gewoon jaloers op wie zijn honger kan stillen met bladeren en takken. Ik wou dat ik dat ook kon!’

Toen zei een klein hertenkalf: ‘Wij zouden het ook heel fijn vinden als jij dat kon!’

Iedereen moest LACHEN om die grappige opmerking en ook Bagheera lachte en stelde zo de geschrokken planteneters gerust. Ze praatten verder en Baloe vroeg: ‘Grote Hathi, heb je ooit een **droogte** zoals deze gezien?’

Hathi, niet van zijn stuk te brengen, zei met zijn gebruikelijke *kalmte*: ‘Het zal wel over-

gaan, het zal wel overgaan...'
En Baloe ging door: 'Ik maak me zorgen om het muizenjong, dat steeds MAGERDER wordt: kijk, je kunt zijn ribben tellen!'

Maar Mowgli kwam tussenbeide: 'Ben je bezorgd om mij? Ik lijk alleen maar magerder dan jullie omdat ik geen dikke vacht heb, maar ik kan je verzekeren dat alles goed met me gaat!' Plotseling ging er een huivering door de groep PLANTENETERS: Daar kwam Shere Khan! De dikke tijger liep tot aan de oever en genoot van de angst die hij bij de andere dieren opwekte. Hij boog zijn kop voorover om te drinken en toen hij vlak boven het water hing, zag Bagheera een onheilspellende glinstering in zijn ogen.

'Shere Khan! Wat is er gebeurd? Wat heb je nu weer op je KERFSTOK?'

Shere Khan antwoordde onverschillig: 'Een uurtje geleden heb ik een muis aangevallen.'

Iedereen sperde zijn ogen open. Bagheera gromde: 'Een muis aanvallen in een periode zoals deze! Je bent ook niet te vertrouwen!'

Baloe vulde hem verontwaardigd aan: 'In de periode van de Stilstand wordt er niet gejaagd, dat zou je moeten weten!'

Shere Khan hield minachtend vol: 'Dat kan me niet schelen! Als *mijn* nacht komt, ben *ik* de jager en is de muis *mijn* prooi! Dat zouden jullie toch moeten weten...'

Mowgli begreep niet wat de tijger bedoelde. Toen kwam Hathi zich ermee bemoeien en zei: 'Shere Khan, als je genoeg gedronken hebt, mag je weer weggaan!'

Het verhaal van Hathi

Toen Shere Khan weer weg was, fluisterde Mowgli tegen Baloe: 'Wat bedoelde Shere Khan toen hij het had over zijn nacht?'
'Vraag het maar aan Hathi, hij zal wel antwoord geven.'
Hathi was een heel wijze olifant met veel gezag en maar weinigen durfden hem rechtstreeks aan te spreken. Mowgli verzamelde moed en met vaste stem vroeg hij: 'Wijze Hathi, waarover had Shere Khan het daarnet?'
Een gemompel verspreidde zich onder de

dieren: allemaal wilden ze het antwoord weten! Hathi begon te *vertellen*:

'Dit verhaal begon op een nacht, toen alle dieren zij aan zij leefden zonder ANGST. Er was geen droogte en iedereen at vruchten van de BOMEN. Het gras was lekker en er was genoeg voor iedereen. In die tijd was Tha, de Eerste Olifant, de heerser van de jungle. Met zijn slurf had hij de jungle gered van het water en met zijn poten had hij de groeven getekend, waar nadien de rivieren gevormd werden. Maar al snel ontstonden de eerste ruzies onder de DIEREN. Om de vrede te herstellen, vertrouwde Tha de opdracht om alle MENINGS-

VERSCHILLEN op te lossen toe aan de Eerste Tijger.
In die tijd at ook de Eerste Tijger alleen maar bloemen en gras en zijn dikke vacht had een WARME roodbruine kleur, zonder vlekken en strepen. De dieren hadden vertrouwen in zijn uitspraken en niemand was bang voor hem.
Op een DROEVIGE nacht ontstond er een woordenwisseling tussen twee damherten en terwijl ze de Tijger het voorval uitlegden, stootte een van hen hem met zijn horens. Als antwoord gaf de Tijger hem een haal met zijn poot en brak per ongeluk zijn nek. Toen hij begreep wat hij had gedaan, VLUCHTTE hij weg.

De dieren hadden geen rechter meer en de ruzies werden alsmaar erger. In die dagen stond de jungle OP ZIJN KOP.

WOEDEND gaf Tha de dieren de opdracht een andere rechter te kiezen. Tha trok zich terug, en zonder na te denken kozen de dieren de Grijze Aap, die toevallig langskwam, als rechter. Maar de aap was dom en bij zijn terugkeer zag Tha hem in een boom hangen. Hij probeerde de dieren die onder hem stonden voor de gek te houden.

De Eerste Olifant werd vreselijk boos en zei: "De eerste rechter heeft de **DOOD** gebracht, de tweede de **SCHANDE:** ondertussen is er geen Wet meer. Nu moeten jullie alleen de **ANGST** nog vinden. Als je begrepen hebt dat hij jullie meester is dan zul je de Wet volgen." De dieren vroegen waar de Angst was en Tha antwoordde dat ze die zelf moesten zoeken.'

Hoe de Eerste Tijger de Angst ontmoette

Hathi besproeide zijn omvangrijke heupen met water uit zijn slurf en vertelde verder: 'Alle dieren gingen op zoek naar de ANGST. De buffels vonden hem het eerst. Ze keerden SNEL terug naar de anderen en zeiden dat ze een BLEEK en op twee POTEN rechtopstaand wezen gevonden hadden: de muis. Velen gingen naar de Angst kijken en ze waren er zo bang voor dat ze die NACHT voor het eerst niet allemaal samen sliepen. Ze verdeelden zich in volken en zochten verschillende slaapplaatsen. De enige die de Angst nog niet gevoeld had, was de Eerste Tijger, die ver van de jungle ronddwaalde. Toen het bericht hem uiteindelijk BEREIKTE, ging hij op pad om de muis te zien.

Maar Tha had bevolen dat de takken van de planten hem de terugkeer naar de jungle zouden verbieden en terwijl de Eerste Tijger door de jungle liep, tekenden die TAKKEN dikke, donkere strepen op zijn flanken. Toen de muis hem zag, noemde hij de Eerste Tijger daarom *De gestreepte die 's nachts komt.* De Eerste Tijger voelde zich zwaar BELEDIGD en liep brullend weg. Hij maakte zoveel lawaai dat hij ook Tha wakker maakte.

De Eerste Olifant berispte hem: "Je moet niet

zo klagen. Door jouw schuld is de Dood in de jungle gekomen, die de Schande en de Angst met zich heeft meegebracht. En nu maakt de Angst jou ook BANG." Getroffen door die woorden, vroeg de Eerste Tijger aan Tha of hij tenminste één keertje de ANGST mocht overwinnen.

Tha stemde toe: "*Eén nacht per jaar* zul je niet bang zijn en zal het de muis zijn die bang is voor jou. Dat zal jouw nacht zijn. Maar als je eerlijk en **moedig** bent, zul je hem geen pijn doen, want je weet zelf wat angst is."

De Tijger bedankte de Eerste Olifant, dacht opnieuw aan de muis en voelde een haatdragende woede in zich groeien. Die nacht aarzelde hij niet om de **MUIS** aan te vallen. Dezelfde nacht weerklonk de stem van Tha zo hard als een donderslag: "Is dat jouw barmhartigheid?!"

De Tijger antwoordde: “Nu zal de muis de jungle niet meer bang maken! Alle dieren zullen zonder vrees samen kunnen leven.” Tha schreeuwde: “Je bent een dommerik! Er is niet slechts één muis, er zijn er een heleboel en ze zijn goed georganiseerd. Nu jij je wreedheid hebt getoond, zullen de muizen je overal volgen en valstrikken spannen. De andere dieren zullen je uit de weg gaan en als ze jouw sporen **ZIEN**, zullen ze vluchten!”

De Eerste Tijger probeerde zich te verdedigen: “Ik herhaal dat ik de muis heb aangevallen voor het welzijn van de jungle! Iedereen mag dat weten!”

"Natuurlijk... het zal wel! Wacht maar af en je zult zien!"
Bij het AANBREKEN van de dag, kwam een jager te weten wat er die nacht gebeurd was en hij drong de JUNGLE binnen om zijn maat te wreken. De Eerste Tijger raakte gewond en brulde net zo lang tot alle dieren wisten wat hij zich op de hals gehaald had door de muis aan te vallen.'
Hathi besloot zijn verhaal: 'Zo zijn de zaken dus gegaan. De muis begon te jagen en één enkele nacht per jaar kreeg de Tijger de mogelijkheid om aan hem te ONTSNAPPEN.'
De olifant hield op met praten en het was duidelijk dat niemand hem nog mocht storen.
Mowgli had heel erg van het verhaal genoten.
Baloe zei: 'Broertje, de jungle zit vol zulke verhalen! Als ik zou beginnen te vertellen,

komt er geen eind meer aan... Maar nu is iedereen vermoeid door de warmte. Rust jij ook maar.'
Mowgli drong aan: 'Wacht! Leg me dan alleen nog het volgende uit: waarom bleven de tijgers geen gras en BLOEMEN eten en zijn ze gaan jagen?'
Baloe verklaarde: 'De takken van de BOMEN en de twijgen van de struiken hadden donkere strepen op de vacht van de Eerste Tijger achtergelaten. Het was een BRANDMERK dat al zijn kinderen zouden dragen. Dus had hij besloten om zich op zijn manier te wreken en te gaan jagen op iedereen die takken en bladeren AT.'
Mowgli ging liggen en dacht na over het verhaal dat hij net had gehoord. Het bleef in zijn kop hangen tot het eindelijk begon te REGENEN en er een eind kwam aan de droogte.

De opstand van Shere Khan

Het leven van Mowgli kabbelde rustig voort. Naast de dingen die Baloe hem onderwees, leerde hij veel van papa Wolf. Hij kon de geluiden, geuren en geheimen van de JUNGLE herkennen en was in staat om met alle DIEREN en volken van zijn territorium te praten. De wolven waren zijn familie en er ging geen dag voorbij zonder dat hij zich aanbood om te helpen. Hij nam deel aan elke bijeenkomst onder de Rots van de Raad, waar hij een eigen plekje had *veroverd.* Af en toe drong hij door tot aan het muizendorp om zijn

soortgenoten te **BESTUDEREN.** Maar hij lette goed op dat ze hem niet zagen, want hij was bang voor hun VALLEN. Bagheera had hem een keer een kooi laten zien, die was **GECA-MOUFLEERD** door bladeren. Toen zei hij: 'Oké, broertje, kijk hier eens, in mijn nek...' Tussen zijn sterke **halsspieren** had Mowgli een kleine onbehaarde vlek gezien. Bagheera had hem uitgelegd dat dit het teken was van de slavernij.

'Ik heb het nog nooit aan iemand verteld. Ik zat ooit gevangen in een kooi in een groot gebouw hier v e r   v a n d a a n. Ik ben zonder familie opgegroeid, als gevangene van de muizen. Ik at alleen maar wat zij me door de **TRALIES** gaven. Op een avond heeft mijn instinct me duidelijk gemaakt dat ik een panter was en geen slaaf van de poten van de muis.

Toen heb ik met mijn POOT het slot kapot geslagen en ben ontsnapt. En nu is iedereen in de jungle bang voor mij. Veel meer nog dan voor Shere Khan, want ik heb alles wat ik al die jaren bij de muizen geleerd heb, aan mijn KRACHT toegevoegd.'

Bagheera keek Mowgli recht in de OGEN en ging toen verder: 'Spoedig zul jij ook de muizen leren kennen en je instinct zal je naar hen terugvoeren. Ik ben ook naar de JUNGLE teruggekeerd, omdat ik voelde dat mijn plaats daar was. Maar, voordat je naar je eigen soort TERUGGAAT, moet je het opnemen tegen Shere Khan.'

Er ging een schok door Mowgli heen. 'Shere Khan? Maar die tijger kan mij niets schelen!'
Bagheera drong aan: 'Hoe vaak heb ik je niet gezegd dat Shere Khan op wraak uit is en jou zal proberen te doden?'
Mowgli zuchtte: 'Je hebt het me zo vaak gezegd als er blaadjes aan deze boom hangen! En ook Tabaqui, de jakhals heeft het me gezegd, maar ik heb hem op de VLUCHT gejaagd. Dat zal hem leren!'
'Dat had je beter niet kunnen doen! Tabaqui de Tafelschuimer is niet echt AARDIG, maar hij kan je belangrijke berichten bezorgen. En jij moet altijd op je hoede zijn: Akela, de leider van de wolven, heeft je opgenomen in zijn roedel en heeft je altijd verdedigd. Maar hij wordt OUD. Shere Khan weet dat en profiteert ervan. Een tijdje geleden al heeft hij met de jongere

wolven een verbond gesloten. Hij heeft ze ervan overtuigd dat een muis in de roedel een nadeel zou kunnen zijn.'

'Waarom?! Ik help mijn wolvenbroeders zoveel ik kan! Trouwens, ik ben niet BANG! Jij bent bij mij, Baloe is bij mij, en ook *mama* en papa Wolf en mijn broers zijn bij mij.'

Bagheera probeerde hem aan zijn verstand te brengen dat de groep jonge wolven wel eens **STERKER** zou kunnen zijn dan zij! 'Luister naar mijn raad, broertje: op de volgende raadsvergadering breng je een beetje van de RODE BLOEM mee.'

'De rode bloem? Heb je het over vuur? Dat 's avonds in de huizen van de muizen bloeit?'

'Precies, Mowgli. Denk je dat het je zal lukken om er wat van te STELEN?'

‘Natuurlijk lukt me dat!’
Bagheera GLIMLACHTE samenzweerderig. ‘Goed zo. Hou het wel verborgen tot de bijeenkomst. En als Akela vanavond de jachtproef niet doorstaat, zal de raad van morgen BESLISSEND zijn: voor hen staat het leven op het spel, voor jou het lid zijn van de roedel.’
Zo keerde Mowgli terug naar het hol van de wolven. Mama Wolf voelde ONMIDDELLIJK aan dat Mowgli onrustig was en vroeg: ‘Is er iets waarover je PIEKERT?’
Mowgli haalde zijn schouders op: ‘Domme vleermuizenpraatjes over Shere Khan. Vanavond ga ik een wandeling maken in de VELDEN.’
Zo trok Mowgli er ’s nachts op uit om de rode bloem buit te maken.

De rode bloem voor Mowgli

Mowgli ging op weg naar de bebouwde VELDEN. Terwijl hij stilletjes verder sloop, hoorde hij in de verte geluiden. Hij spitste zijn oren en snapte wat er aan de poot was. Zoals elk jaar, moest Akela de proef doorstaan die door de roedel was opgelegd: hij zou zijn titel van LEIDER alleen maar kunnen behouden als hij erin zou slagen een damhert onderuit te halen. Uit wat hij hoorde, maakte Mowgli op dat

Akela in moeilijkheden was. De andere mannetjes uit de roedel hadden hem een vuile streek geleverd door hem te laten vechten tegen een jong en STERK exemplaar. Mowgli dacht: dan heeft Bagheera gelijk: ze willen Akela uitschakelen… en mij ook!

Die gedachte gaf hem vleugels en hij doorkruiste de velden met RAZENDSNELLE passen. Toen hij in het dorp aankwam, kroop hij onder het raam van een hut, LOERDE naar binnen en zag dat de rode bloem, met andere woorden het VUUR, bewaard werd in een pot van aardewerk en gevoed werd met droge takjes en steenkool. Vroeg in de morgen zag hij hoe een jongemuis wat steenkool pakte, dit bij het vuur deed, daarna de pot afsloot met een deksel en hem naar buiten bracht.

Mowgli GLIMLACHTE: 'Dit is het moment om de RODE BLOEM te pakken. Als de muizen die kweken, zal ik dat ook wel kunnen.' Toen de jongemuis uit de hut kwam, sprong Mowgli vóór hem, griste de pot uit zijn poten en VLUCHTTE zo snel hij kon.
Onderweg naar het hol, liep hij Bagheera tegen het lijf en hij kondigde ERNSTIG aan: 'Akela is verslagen... bereid je voor op vanavond!'
Mowgli bracht de namiddag door met stukjes hout in het vuur leggen en te kijken hoe deze OPBRANDDEN. Toen Tabaqui verscheen om hem te zeggen dat ze hem bij de Rots van de Raad verwachtten, lachte Mowgli zo hard dat de jakhals er met zijn staart tussen zijn poten VANDOOR ging. Hij nam een dikke tak, sloot de pot af en ging naar de Rots.

Mowgli keert terug naar de muizen

Het schouwspel dat hem te wachten stond, was verontrustend. Na zijn nederlaag van de vorige avond nam Akela geen plaats meer op de top van de ROTS. Shere Khan en een aantal wolven die zijn nieuwe bondgenoten waren, hadden zich een WEG gebaand door de roedel en waren helemaal vooraan gaan staan. Bagheera en Mowgli gingen dicht bij elkaar zitten en het muizenjong verstopte het aardewerk met het vuur achter zijn rug.

Toen Shere Khan het woord nam, zei Bagheera

tegen Mowgli: 'Shere Khan is met iets gevaarlijks bezig! Je moet hem tegenhouden voor het te LAAT is!'

Mowgli sprong op: 'Vanaf wanneer neemt Shere Khan het woord? *Wie* voert het Vrije Wolvenvolk aan? Shere Khan misschien?'

De tijger RICHTTE zijn kop op: 'Er is geen leider meer, daarom spreek ik!'

'Denk je misschien dat we zoals de jakhals zijn? Allemaal bereid om jou de hielen te likken?!'

De ouderen uit de roedel waren getroffen door die woorden en zeiden op bevelende toon: 'Laat Akela spreken!'

De OUDE wolf zei: 'Ik heb jullie twaalf seizoenen lang geleid en nooit werd iemand GEKWETST of vernederd.

De jachtproef die ik gisteren verloren heb, was een val die voor mij was opgezet, maar toch aanvaard ik de nederlaag...'

Shere Khan liet hem niet uitspreken: 'Waarom verspillen we onze tijd met deze oude wolf die geen hoofd meer is van de roedel? Laten we naar het echte probleem KIJKEN: wat doet een muis bij de wolven? Hij is mijn prooi, al sinds hij klein was. Laat hem aan mij over! Geef hem aan mij! Als jullie hem mij niet bezorgen, blijf ik op jullie grondgebied jagen en zullen jullie zelfs geen BOTJE meer vinden!'

Een deel van de roedel antwoordde schreeuwend: 'Laat Mowgli terugkeren naar de muizen!'

Maar dat was voor Shere Khan niet voldoende. Gedurende een ogenblik flitste er in zijn ogen een onheilspellende schittering en hij riep: 'Nee! Als je hem aan de muizen teruggeeft, zullen ze denken dat jullie hem ontvoerd hadden en zullen ze, op **wraak** belust, hierheen komen!'

Toen sprong Shere Khan naar voren. Mowgli begreep dat zijn moment aangebroken was. Hij stond op en riep: 'Ik voel me heel erg **beledigd!** Ik hoopte mijn hele leven bij jullie, wolven, te kunnen doorbrengen, maar vanavond verwijten jullie mij een muis te zijn. Als jullie mij niet kunnen verdragen, waarom hebben jullie dan nooit de **moed** gehad om dat eerder tegen me te zeggen? Vanaf dit ogenblik hou ik op jullie broeder te zijn en ik zal jullie niet langer "wolven" noemen, maar "honden"!'

Na die woorden opende hij de pot van aardewerk en stopte de dikke tak die hij bij zich had in de **BRANDENDE** steenkool.

Alle wolven en ook Shere Khan, **DEINSDEN** doodsbang terug.
Mowgli zwaaide met de brandende tak en zei: 'De jungle is niet langer mijn thuis; ik heb besloten weg te gaan! Maar ik zal niet jullie vijand worden en ik zal jullie nooit verraden, zoals jullie mij verraden hebben!'
Bagheera zei daarop: 'Mowgli, denk aan Akela!'
Mowgli stapte naar Shere Khan toe, die zijn **OGEN** strak op de vlammen richtte en plat op de grond lag. Hij greep hem bij de vacht onder zijn kin en riep: 'Ga weg en laat je nooit meer zien! Als ik terugkom naar de Rots van de Raad, is dat alleen maar om **WRAAK** te nemen!'
Toen wendde hij zich tot de wolven: 'Degenen die in Shere Khan geloven zijn het niet waardig hier te blijven. Ga weg! RESPECTEER Akela

en laat hem met rust. Als dat niet gebeurt, kom ik terug met andere muizen en dan zitten jullie in de **problemen!**'
Zodra Mowgli klaar was, liep Shere Khan weg en bleven alleen Mowgli, Bagheera, Akela en enkele trouwe wolven achter. Pas toen voelde Mowgli de PIJN. Voor het eerst in zijn leven welden tranen op in zijn ogen. Geschrokken vroeg hij: 'Bagheera, wat gebeurt er toch met mij? Ik voel een druk op mijn borst en mijn ogen **BRANDEN...** ben ik ziek misschien?'
'Nee, broertje, het is pijn en dat wat je ogen vult zijn **tranen!** Laat ze maar lopen!'
En zo HUILDE Mowgli, terwijl zijn vrienden om hem heen gingen staan. Toen hij een beetje kalmer was, ging hij afscheid nemen van mama en papa Wolf en zijn broers.
'Vergeet me niet... ik hou van jullie!'

De verloren moeder

Nadat hij afscheid had genomen van zijn familie, verliet Mowgli de jungle op weg naar het dorp. Hij zag dat de **velden** met zorg beplant waren en dat de buffels en ossen *rustig* graasden. Hij ging tot aan de ingang van het dorp, dat omringd was door een versterkte **OMHEINING** van braamstruiken.

Mowgli dacht: je ziet gewoon dat de muizen **BANG** zijn voor de dieren uit de jungle!

Hij ging aan de kant zitten tot hij iemand uit het dorp zag komen. Hij stond op, schoof het

haar dat voor zijn gezicht hing opzij en wees met een vinger naar zijn open mond, om duidelijk te maken dat hij honger had. De knager schreeuwde iets en liep weg.
Even later kwam hij terug met de wijze van het dorp, gevolgd door een grote groep knagers en knagerinnen. Iedereen schreeuwde, wond zich op en maakte grote gebaren.
Mowgli dacht: verdraaid, ze gedragen zich net als het Apenvolk!
Iemand zei: 'Zijn vacht zit vol sporen van beten en SCHRAMMEN!'
Inderdaad, Mowgli had veel littekens die hij al spelend en lopend in de jungle had opgelopen.
Uiteraard maakten die LITTEKENS diepe indruk op de muizen! De wijze van het dorp kondigde aan: 'Het gaat hier om een muis-wolf,

we moeten hem helpen!'
Een knagerin kwam dichterbij en wendde zich tot een andere knagerin: 'Het is een heel KNAPPE jongemuis. Messua, bekijk hem eens goed. Is het niet je zoon die jaren geleden werd gestolen door een tijger en naar de JUNGLE werd gebracht?'

De knagerin tegen wie ze het zei, hield haar poot boven haar ogen om ze tegen de ZON te beschermen en staarde hem lang aan. Uiteindelijk murmelde ze met een door ONTROERING gebroken stem: 'Ja, hij zou het werkelijk kunnen zijn!'
De wijze van het dorp meende dat alles opgelost was en verklaarde vastberaden: 'De jungle neemt weg en de jungle geeft terug!'
Messua gebaarde Mowgli dat hij haar moest

volgen. De jongemuis ging het huis binnen en dronk en at met veel SMAAK van een glas melk en wat brood dat hem werd aangeboden.

Messua stond naast hem en fluisterde: 'Herinner je je mij nog? Het is zo lang geleden en je bent zo GEGROEID... Maar aan je gezicht en je ogen zie ik dat je nog altijd mijn kleine Nathoo bent!'

Messua KEEK hem ontroerd aan en bestudeerde aandachtig elke gelaatsuitdrukking. Ze streelde hem over zijn kop en zei: 'Wat is je haar STEKELIG, mijn muisje!'

Toen raakte ze zijn poten aan en was verbaasd hoe HARD en vol eelt ze waren. Hij was het natuurlijk gewend om blootspoots over de

ROTSEN te lopen. Mowgli liet de knagerin haar gang gaan. Ook hij bekeek haar aandachtig. Al begreep hij geen woord van wat ze zei, hij vond het helemaal niet onaangenaam om vertroeteld te worden door die lieve en zorgzame knagerin! En trouwens, nu hij toch al zover gekomen was, wilde hij best leren een MUIS te zijn. De woorden van Bagheera schoten hem weer te binnen: de panter had gelijk; vroeg of laat brengt het instinct iedereen terug naar zijn eigen soort!

Mowgli dacht:

ja, ik ben een muis, en ik ben naar de muizen teruggekeerd...

De tijger vergeet niet

Mowgli verlangde er meer dan ooit naar om de taal van de muizen te leren: in de jungle had hij ontdekt dat het BELANGRIJK was om met iedereen te kunnen praten. Elke keer als Messua een woord zei, deed hij zijn best om dat te herhalen. Dit lukte hem goed omdat hij getraind was in het nabootsen van de **DIERENTALEN!** Hij leerde snel en Messua en haar echtgenoot waren erg trots op hem. Mowgli behield wel sommige **GEWOONTES** die zijn ouders stomverbaasd deden staan. Zo had hij er bij-

voorbeeld de dag van zijn aankomst in het dorp op **aangedrongen** om onder de blote hemel te slapen. Messua wilde hem verbieden om naar buiten te gaan, maar haar echtgenoot had gezegd: 'We moeten hem niet dwingen! Hij mag zich gedragen zoals hij wil, hij moet zich op zijn gemak voelen.'
Die eerste avond bij de muizen ging Mowgli in het **gras** liggen. Terwijl hij aan het indutten was, voelde hij de aanwezigheid van Grijze Broer, de oudste zoon van mama Wolf. Die begon hem te besnuffelen en **MOMPELDE:** 'Hé, Mowgli! Je stinkt al naar muis! Ze zullen je toch niet doen vergeten dat je ook een wolf bent?'
Mowgli stelde hem gerust:

'Dat zal NOOIT gebeuren! Zeg eens, gaat alles goed met jullie?'

'Ja, alles is in orde. Ik ben hierheen gerend om te kijken hoe het met jou is en om je te zeggen dat Shere Khan naar een ander JACHTTERREIN getrokken is. Maar hij zal wel terugkomen. Hij heeft iedereen gezegd dat hij met je zal afrekenen. Wees dus op je hoede, Mowgli!'

De jongemuis zuchtte: 'Als hij wraak wil, zal ik klaarstaan om het tegen hem op te nemen. Laat het me weten als je nog nieuwtjes hebt. Dank je, Grijze Broer.'

Ze namen afscheid en besloten elkaar weer te zien tussen het BAMBOE aan de rand van de weide. Vanaf de volgende morgen deed Mowgli er alles aan om zich aan te passen aan

het leven in het dorp. Hij leerde de waarde van het geld kennen en hielp zijn moeder met allerlei klussen. Iedereen zei dat hij heel sterk was en bewonderde het gemak waarmee hij de meest vermoeiende opdrachten uitvoerde. Mowgli glimlachte in zichzelf: in de jungle werd hij als de ZWAKSTE beschouwd! Maar er waren ook dingen die hij maar niet kon begrijpen. Zo waren er muizen die hem pestten met zijn “verwilderde” uiterlijk. Op zo’n moment miste hij de JUNGLE echt heel erg!

MOWGLI KOMT IN OPSTAND

Tijdens de avonden in het dorp, kwamen de muizen samen om over de GEBEURTENISSEN van de dag te praten of om oude verhalen te vertellen. Wie er nooit ontbraken, waren het dorpshoofd, de bewaker en de OUDSTE jager, die Buldeo heette. Maar hun verhalen klonken Mowgli vreemd in de oren! Ze beschreven het leven in de jungle, maar ze zaten vol leugens en ONZINNIGE bedenksels…

Mowgli begreep niet hoe je zoveel dwaasheden

kon geloven! Buldeo, bijvoorbeeld, vertelde dat de zeer gevreesde tijger die kinderen ontvoerde, in werkelijkheid de GEEST was van iemand die in het dorp werkte. Maar Mowgli kende Shere Khan daarvoor veel te goed en kon verzekeren dat het een **tijger** van vlees en bloed was! Op een avond, toen hij er echt niet meer tegen kon, stond hij op en zei **VERONTWAARDIGD:** 'Jullie vertellen verhalen die zelfs een pasgeborene niet zou geloven!'

Buldeo sprong op alsof hij met een speld geprikt werd en zei: 'Misbaksel uit de jungle, je kunt wel zien dat je als een wilde bij de wolven bent opgegroeid. Je hebt geen RESPECT voor iemand die er meer over weet dan jij!'

Mowgli, die niet het type was dat terugdeinsde,

antwoordde: 'Hou toch op, Buldeo! Elke keer dat ik naar jou luisterde, deed je niets anders dan liegen! Maar ik durf te wedden dat je nooit de moed hebt gehad om binnen te dringen ín de JUNGLE!'

De aanwezigen VERWIJDERDEN Mowgli voordat Buldeo de kans kreeg hem te straffen voor zijn gebrek aan respect. Het dorpshoofd besloot dat Mowgli vanaf de volgende dag de kudde zou begeleiden naar de weide, net zoals de andere jongemuizen. Op die manier zou hij ver van het dorp zijn en dan kon de spanning met Buldeo wat ZAKKEN.

De volgende morgen vertrok Mowgli op de rug van Rama, de STIER, die de kudde leidde. Zodra ze de weide voor de buffels bereikt hadden, ging hij naar de omheining van BAMBOE,

waar ook Grijze Broer verscheen. De twee begroetten elkaar en besloten dat ze elkaar voortaan iedere morgen op die plaats zouden OPZOEKEN. Wanneer Shere Khan terug zou keren, zou de jonge wolf zich verplaatsen naar de omgeving van het RAVIJN, onder de hoogste boom. Dag na dag trok Mowgli met het vee naar de weiden en trof hij Grijze Broer vlakbij het bamboe.

Maar op een ochtend was hij niet op zijn vaste plaats. De wolf had een andere plek opgezocht, dicht bij het ravijn en hij leek erg BEZORGD: 'Shere Khan heeft zich een hele maand schuilgehouden, in de hoop dat jij zou denken dat hij VERDWENEN was. Maar hij is vannacht in de jungle gezien, met Tabaqui!'

Mowgli fronste zijn wenkbrauwen: 'Ik ben niet BANG voor Shere Khan, maar Tabaqui de

jakhals kan heel sluw zijn.'
'Maak je geen zorgen, ik heb met hem geknokt en hem verslagen. Voor hij de benen kon nemen, heeft hij me alles verteld. Vanavond zal Shere Khan je opwachten bij de omheining van het dorp en hij zal je in de rug AANVALLEN!'
'Is zijn maag VOL of LEEG?'
'Hij heeft vanmorgen een everzwijn opgegeten.'
Mowgli LACHTE: 'Wat dom! Hij wil vechten met een volle maag: je ziet wel dat hij helemaal niet nadenkt over wat hij doet. Waar is hij nu?'
'Hij bevindt zich nu wat verder langs de rivier, om geen sporen achter te laten. Ik geloof dat hij zich op die open plek bevindt, diep in de vallei.'
Mowgli concentreerde zich: 'Ik moet *absoluut* een plan verzinnen!'

DE OVERWINNING VAN HET MUIZENJONG

Mowgli dacht een tijdje na en wendde zich toen tot Grijze Broer: 'Diep in de vallei is een RAVIJN. Als het ons lukt om Shere Khan daarheen te lokken, dan zouden wij alléén kunnen VECHTEN, hij en ik! Om hem naar die open PLEK te dwingen, zouden we gebruik kunnen maken van de kudde. Alleen heb ik de taal van de ossen en de buffels nog niet geleerd! We hebben extra HULP nodig!'

Grijze Broer zei: 'Ik ben niet alleen gekomen. Wacht, dan zul je het zien.'

Hij liep weg op een drafje en verdween in een hol, waaruit even later de overbekende snuit van Akela tevoorschijn kwam. Een kreet van vreugde weerklonk in de vallei: 'Akela! Wat fijn je weer te zien!' In een paar minuten legde Mowgli zijn plan uit aan de OUDE wolf.
Kort daarna begonnen Akela en Grijze Broer de buffelkoeien te scheiden van de buffelstieren en de jonge stieren. Toen zetten ze de kuddes in BEWEGING: ze zouden ze op dezelfde plaats laten samenkomen, vertrekkend uit verschillende RICHTINGEN. Toen de andere herdertjes zagen wat er gebeurde, liepen ze snel naar het dorp: ze waren DOODSBANG door wat ze gezien hadden en snapten niet wat Mowgli aan het doen was.
Ondertussen spoorde het muizenjong Rama de buffel aan in de muizentaal. Hij dacht echter in

zichzelf: Het zou toch allemaal veel eenvoudiger zijn als ik het hem kon uitleggen in zijn eigen taal!

De twee kuddes daalden af naar de VALLEI waar een kolkende rivier doorheen raasde. Het stoten van de horens en getrappel van de hoeven deed denken aan de beweging van stenen op de bodem van een ONSTUIMIGE beek.

Mowgli schreeuwde: 'Shere Khan, bereid je voor… ik kom eraan!'

Op dat moment werd de **DIKKE** tijger wakker: hij was versuft van de urenlange slaap en zijn **TRAGE** spijsvertering. Met een schorre stem en langzaam sprekend vroeg hij: 'Wie roept daar?'

Maar eigenlijk was het te laat om vragen te stellen: toen hij doorhad dat hij zich uit de

poten moest maken, VLUCHTTE hij in de enige mogelijke richting, namelijk naar het ravijn. Akela en Grijze Broer brachten de buffelkoeien en de stieren tot stilstand voordat ze zouden botsen.
Mowgli sprong van de rug van Rama om de TIJGER te lijf te gaan. Terwijl ze aan het vechten waren, kwam Buldeo AANGEREND.
De jongemuizen die van de weide waren weggelopen, hadden hem gezegd welke kant hij op moest! De jager zag Mowgli vechten met de meest gevreesde tijger van de JUNGLE, waarvan hijzelf dacht dat het een spook was!
Buldeo stapte naar voren en zei tegen Mowgli: 'Er staat een prijs op de kop van die tijger! Laat hem aan mij over, want ik ben STERKER: ik beloof je een deel van de beloning.'
Mowgli liet hem zelfs niet uitspreken: 'Tussen

mij en deze tijger woedt er al een jarenlange strijd! Laat hem maar aan mij over!'

Buldeo werd boos: 'Jij klein **BRUTAALTJE!** Dat zal je duur komen te staan!'

Mowgli barstte uit: 'Akela! **WEG MET HEM!**'

Zo gezegd, zo gedaan. Akela begon te grommen tot Buldeo terugdeinsde. De jager kon zijn **OGEN** niet geloven, hoewel: hij had weinig keus! Hij snapte alleen niet waarom of hoe die wolf de jongemuis kon gehoorzamen. Hij was er in ieder geval van overtuigd dat Mowgli een gevaar betekende voor de andere muizen, en met dat **DOMME** idee rende Buldeo terug naar het dorp.

Vlucht, Mowgli!

Eindelijk kon Mowgli na al die lange jaren een eerlijk **GEVECHT** aangaan met Shere Khan. Na een lange strijd slaagde hij erin de **TIJGER** onder de duim te krijgen. De zon stond inmiddels al laag aan de horizon en Mowgli moest de kuddes voor het donker terugbrengen naar het dorp. Hij liet zich daarbij helpen door Akela en Grijze Broer. Toen ze dicht bij de eerste huizen kwamen, zag Mowgli in de verte **VUREN** en hij voelde dat de muizen erg opgewonden waren. Eerst dacht hij dat ze een feest voor hem georganiseerd hadden omdat hij de tijger Shere Khan verslagen had. Maar toen hij dichterbij kwam, snapte hij dat er iets heel anders aan de poot was! Zodra ze hem in de gaten kregen, begonnen de dorpsbewoners hem uit te SCHELDEN: 'Tovenaar! Magiër! Geestenbezweerder!'

Mowgli lachte: 'Blijkbaar VERSCHILLEN de muizen niet veel van de roedel die mij verstoten heeft. Daar wilden ze me niet omdat ik geen wolf was en hier willen ze me niet omdat ik geen muis ben zoals zij!'

Op dat moment kwam Messua naar VOREN en schreeuwde: 'VLUCHT, mijn zoon, want ze zullen je pijn doen!'

Mowgli antwoordde haar: 'Mama, het is alleen voor jouw welzijn dat ik niet terug zal komen met mijn wolvenvrienden om de dorpsbewoners te straffen! Wees gerust, alles komt op zijn pootjes terecht.'

Met de hulp van Akela en Grijze Broer stuurde hij de kuddes in GALOP het dorp in en joeg de muizen de stuipen op het lijf.

Toen maakte hij zich zo snel mogelijk uit de poten en zwaaide naar Messua: hij vond het heel erg dat hij gescheiden werd van zijn echte moeder... maar toen hij in de jungle aankwam, liep hij onmiddellijk naar zijn wolvenfamilie om ze te omhelzen. Tijdens zijn afwezigheid had de roedel zich verspreid. Van degenen die Shere Khan hadden GEVOLGD, waren er niet veel meer teruggekomen en de anderen, die geen leider meer hadden, waren in VALLEN getrapt, die de muizen hadden uitgezet of

waren ziek geworden van het slechte VOEDSEL. De overgebleven wolven waren die avond, toen Akela ze samenriep bij de Rots, blij te horen dat Shere Khan verslagen was en dat Akela de leiding weer in handen zou nemen. Mowgli ging op hetzelfde ROTSBLOK zitten waar mama Wolf hem jaren geleden voorgesteld had aan de roedel en nam het woord: ‘Ik behoor niet tot het Vrije Wolvenvolk, maar ik behoor ook niet tot het Muizenvolk. Ik blijf in de JUNGLE wonen met Grijze Broer en de andere drie zonen van mama Wolf, als ze mij tenminste willen.’

Zij werden de nieuwe FAMILIE van Mowgli, en dit verstevigde zijn bondgenootschap met Akela en de andere wolven.

Muis of wolf?

De volgende ochtend rende Mowgli naar het hol van mama en papa Wolf om de ongelooflijke AVONTUREN te vertellen die hij in het muizendorp beleefd had en natuurlijk ook alle details over zijn gevecht met Shere Khan. Ook Baloe, Bagheera en Akela luisterden als BETOVERD naar zijn verhaal. Toen Mowgli klaar was, bedankte hij zijn wolvenvrienden: ‘Zonder Akela en Grijze Broer was het allemaal nooit gelukt!’ Iedereen was *tevreden*, alleen Akela had een **BEZORGDE** blik in zijn ogen. Toen ze

hem vroegen wat hem dwarszat, antwoordde hij: ‘Na het gevecht met Shere Khan ben ik teruggegaan om onze SPOREN uit te wissen, zodat niemand ons zou kunnen volgen. Maar onderweg naar huis kwam een vleermuis mij vertellen dat er een grote OPHEF was in het muizendorp. Het zou kunnen dat ze je komen ZOEKEN, Mowgli…’

De jongemuis stond op: ‘Wat willen ze van mij? Toen ik daar was, hebben ze me weggejaagd!’

Baloe probeerde het hem uit te leggen: ‘Je bent hoe dan ook een van hen en ze zullen je TERUGHALEN.’

Mowgli stampte met zijn poten op de grond: ‘Ik hoor helemaal niet bij hun! Ze wilden me toch niet!’

Mowgli was nog aan het schreeuwen toen Bagheera zijn oren spitste en zijn spieren spande: behalve de *geuren* van een nieuwe dag, hing er een vreemde en onbekende geur in de lucht. Grijze Broer en Akela gingen wat verder om op hun beurt de lucht op te snuiven. Mowgli vroeg ongerust: ‘Wat is er aan de poot?’

Akela, die naar BUITEN gegaan was, kwam weer binnen en zei: ‘Het is Buldeo! Ik zei het al, Mowgli, ze zijn je komen zoeken!’
De wolvenbroers aarzelden niet: ‘Kom, we gaan ze **TEGEMOET...** Wij zullen ze eens laten zien wat jagen is!’
Maar Mowgli antwoordde: ‘Nee! Een muis jaagt niet op een andere muis!’
Akela berispte hem met **diepe** stem: ‘Je moet weten wat je wilt, Mowgli! Eerst wil je geen

muis genoemd worden, en nu wil je het niet opnemen tegen Buldeo omdat jullie van hetzelfde soort zijn...'
Mowgli ging zitten en verborg zijn gezicht in zijn poten. Toen hij zijn blik weer oprichtte, zei hij tegen zijn vrienden: 'Kijk in mijn **OGEN!**'
Iedereen spande zich in om zijn blik tenminste een paar seconden vast te houden. Het is bekend dat geen enkel **DIER** lang zijn blik op een muis gericht kan houden! Mowgli vroeg: 'Dus, *wie* is de **BAAS?**'
'Jij!' antwoordden ze allemaal in koor.
Toen schreeuwde Mowgli:

'Volg mij dan!'

Een leugenaar gestraft

Mowgli en zijn vrienden haastten zich tussen de BOMEN en STRUIKEN door. Al heel snel bevonden ze zich achter Buldeo, die niet het minste vermoeden had dat hij gevolgd werd. De jager was in de war, want hij was het SPOOR van Mowgli kwijt: hij was inderdaad aangekomen op de plaats waar Akela begonnen was om de sporen UIT TE WISSEN.

Terwijl hij op een steen zat uit te rusten, kwamen er een paar kolenboeren langs op hun terugweg naar het dorp. Ze begroetten de jager en maakten een praatje. Mowgli spitste zijn oren en legde zijn vrienden uit waarover de knagers het hadden. Buldeo vertelde zijn vrienden het AVONTUUR dat hij met Mowgli beleefd had, maar zoals altijd op zijn manier. Hij beweerde dat hij Shere Khan verslagen had en niemand anders. Mowgli was een gevaar voor het dorp. Mowgli luisterde aandachtig en werd steeds bezorgder, maar van de woorden die daarop volgden kreeg hij écht de RILLINGEN.

Buldeo zei: ‘Ze hebben mij erop uitgestuurd om de muis-wolf gevangen te nemen. Als ik hem heb, zullen zijn ouders gerechtelijk vervolgd worden. Nu zitten ze opgesloten in hun eigen huis, waar ze vastgehouden worden tot ze toegeven dat ze medeplichtig zijn.’

Bagheera kon zijn oren niet geloven: 'Wat ga je nu doen, Mowgli?'
'Ik REN vlug naar het dorp. Houden jullie de knagers hier in de jungle bezig.'
'Wil je dat we ze vangen?'
'Nee, het is genoeg als je hen de STUIPEN op het lijf jaagt. En zorg dat ze pas midden in de NACHT in het dorp aankomen.'
Nadat hij dit had gezegd, gleed Mowgli weg tussen de planten.

Mowgli helpt zijn moeder

Mowgli bereikte het dorp en zag dat iedereen vroeger dan normaal gestopt was met werken. De muizen hadden zich in kleine groepjes verzameld op het plein in het midden van het dorp om een praatje te maken. Het huis van Messua was gesloten en een stel knagers hield de WACHT voor de deur. Mowgli loerde naar binnen en zag dat Messua en haar echtgenoot vastgebonden waren. Toen duwde hij het raam open en klom snel naar binnen. Messua riep verrast uit: 'Mijn zoon!'

Mowgli gebaarde dat ze moest zwijgen en maakte de touwen los waarmee ze vastgebonden waren. Toen gaf hij hen wat melk om weer op krachten te komen.

Messua omhelsde hem stevig: 'Ben je ons komen redden? Ik wist wel dat je ons niet in de steek zou laten!'

Hij vroeg haar wat er allemaal aan de POOT was. Toen hij hoorde dat het dorp hen zou vervolgen, alleen maar omdat ze hem in hun huis hadden opgenomen, voelde hij een GROTE verontwaardiging opkomen. Hij zei: 'Jullie moeten VLUCHTEN! Bedenk een schuilplaats en laat mij weten waar die is als ik terug ben. Nu moet ik gaan!'

Mowgli GLIPTE uit het raam en zag dat alle muizen zich rond Buldeo hadden verzameld,

die eindelijk terug was, helemaal van **streek** door de ongelooflijke belevenis in de jungle. Terwijl de jager zijn zoveelste leugen vertelde, zag Mowgli mama Wolf aankomen.
'Waarom ben je helemaal hierheen gekomen?'
'Ik hoorde mijn kinderen vanmiddag schreeuwen en grommen en ik wilde nagaan of alles wel in orde was. Nu ik hier toch ben, zou ik graag je muizenmama willen zien.'
Mowgli ging met mama Wolf het huis van zijn ouders binnen en vroeg hen: 'Hebben jullie al besloten waar jullie ***NAARTOE*** willen gaan?'
Messua verklaarde: 'We dachten ons schuil te houden in de dichtstbijzijnde stad, in Khaniwara…'
Haar echtgenoot onderbrak haar: 'Als we dat ooit halen! Zodra ze merken dat we

GEVLUCHT zijn, zullen ze ons achterna komen! En het is niet gemakkelijk om in de jungle snel vooruit te komen, zeker 'S NACHTS niet...'

Mowgli stelde hen gerust: 'Gaan jullie maar, niemand zal jullie STOREN. Mama Wolf zal jullie begeleiden en de hele JUNGLE zal jullie respecteren. Op mijn woord!'

Messua omhelsde hem en kuste hem verschillende keren, bedroefd omdat ze weg moest. Mowgli trok een eindje op met zijn ouders die steeds verder en verder de jungle in trokken in het GEZELSCHAP van mama Wolf.

Opeens kwamen er uit de duisternis twee gele sterren opgedoken: de ogen van Bagheera.

'Broertje, wat kan ik voor je doen?'

'Niemand mag vóór morgen het dorp verlaten. Roep jij mijn broers?' zei Mowgli.

Bagheera antwoordde hem: 'Je hoeft hen niet te storen! Ik ben er, dat is voldoende!' Bagheera sloop het huis van Messua binnen, waar zij en haar echtgenoot vlak daarvoor nog vastgebonden hadden gezeten. Toen de bewakers de deur openden om de gevangenen te controleren, stonden ze oog in oog met de brullende panter... Dat was pas een onaangename verrassing!
Een paar minuten later had iedereen zich in de hutten verschanst en alles GEBARRICADEERD. Niemand zou weggaan voordat de zon hoog aan de hemel stond. Trots kwam Bagheera naar buiten en ging naast Mowgli liggen.

Hathi de olifant vertelt opnieuw

Mowgli was zo moe dat hij tot de avond van de volgende dag sliep. Toen hij zijn OGEN opendeed, lag Bagheera naast hem. De panter merkte meteen dat Mowgli in een vreselijk SLECHT humeur was. Hij probeerde hem op te vrolijken en zei: ‘Mama Wolf heeft een wouw gestuurd om te laten weten dat je ouders goed en wel zijn aangekomen in de stad Khaniwara. Ik ben vanmorgen bij de ingang van het dorp mijn keel gaan schrapen en in het STOF gaan rollen. De muizen kwamen net naar buiten, maar zijn meteen doodsbang weer naar binnen gerend. Ik geloof dat op dit moment alles in **ORDE** is…'

Mowgli keek naar hem, maar leek in gedachten ergens anders te zijn. Dat was ook zo:

'Waar is Hathi?' vroeg hij zich hardop af.

Bagheera **SPERDE** zijn ogen wijd open: 'Hathi de olifant is de meester van de JUNGLE en graast waar hij wil.'

'Wil je hem alsjeblieft gaan roepen?'

Bagheera zag het niet zo zitten: 'Hathi is geen dier om bevelen te geven, maar ik zal het proberen. Maar als hij **KWAAD** wordt, moet jij maar met hem…'

'Je zal zien dat hij het niet erg vindt, Bagheera. Zeg tegen hem dat het muizenjong hem moet spreken.'

Bagheera's verbazing bereikte zijn hoogtepunt toen Hathi hem zonder aarzelen volgde en toch wel een beetje bezorgd bij Mowgli aankwam.
Mowgli begroette Hathi beleefd en bleef daarna enkele minuten stil. Toen nam hij het woord en zei: 'Ik wil jullie een verhaal vertellen dat ik op een avond bij de muizen heb gehoord. Het gaat over een OUDE en wijze olifant die in een val trapte. Een scherpe paal bezorgde hem een wond van zijn poot tot zijn heup. De muizen namen hem gevangen, maar hij brak meteen de touwen. Hij ontsnapte en hield zich schuil tot zijn wond helemaal genezen was.'
Mowgli onderbrak zichzelf en stak zijn poot uit om een POOT van Hathi te strelen: net op dat ogenblik viel het maanlicht op een groot litteken.

Toen ging Mowgli verder: 'Toen hij naar het dorp terugkeerde, nam hij zijn drie zonen mee en joeg de muizen op de vlucht en VERWOESTTE al hun huizen.'

Na die woorden viel er een lange stilte, waarna Hathi zei: 'Ja, Mowgli. Ik ken dat verhaal. Die olifant was ik. Nadat de huizen van de muizen verwoest waren, breidde de JUNGLE zich uit over hun dorp en de omgeving.'

Dat was PRECIES wat Mowgli in zijn kop had: 'Goed, wij gaan hetzelfde doen als wat jullie toen deden.'

De jungle herovert het dorp

Mowgli legde met veel enthousiasme zijn plan uit, maar Hathi en zijn zonen bleven onbewogen. De olifant vroeg: 'Waarom doe je dit?'
'Omdat ik gezien heb hoe mijn soortgenoten mijn muizenmama behandeld hebben, alleen maar omdat ze mij met liefde in haar huis had opgenomen.'
Hathi knikte: 'Ik snap het… jouw verlangen om voor haar op te komen komt voort uit een groot **verdriet.** Ik heb dat gevoel ook gekend, maar ik wil niet dat de geschiedenis

zich herhaalt. Onthou, Mowgli, verdriet brengt alleen maar verdriet.'

Mowgli schudde zijn kop: 'Ik wil ze geen kwaad doen. Ik wil alleen dat die wrede muizen hier weggaan, ver weg van de JUNGLE.'

Hathi dacht er even over na en zei toen: 'Als we niemand kwaad doen, doe ik mee. Als we ze alleen maar hoeven weg te jagen, kan je op mijn hulp rekenen.'

Daarna trokken de OUDE olifant en zijn drie zonen zich terug, elk in een andere richting. Binnen een paar dagen hadden de **olifanten** het bericht verspreid dat er dicht bij het dorp nieuwe **weiden** gevonden waren. Die boodschap interesseerde alleen de DIEREN die gras aten en de planteneters. Als eerste kwamen de buffels in beweging, gevolgd door de herten en de damherten. En toen natuurlijk toch ook de roofdieren. In tien dagen tijd was het dorp omsingeld door een massa **DIEREN.** De akkers rond het dorp waren beplant en klaar voor de oogst.

De knagers stonden op het punt om het graan te maaien toen ze de horde zagen aankomen. Ze vluchtten doodsbang weg en durfden die dag niet meer naar de akkers terug te keren: ze wisten dat niets een kudde wilde dieren kon tegenhouden!

De volgende dag waren de akkers volledig verwoest en wat er overgebleven was, hadden de olifanten als MIDDAGMAAL opgegeten. Voor de dorpelingen was dat een onherstelbare ramp: geen oogst betekende geen eten. En dus trokken de muizen beetje bij beetje weg. Wie bleef, hoopte te kunnen leven van de graan-

voorraad, maar dan zouden ze in ieder geval in voortdurende ANGST voor wilde dieren blijven leven.

Toen het REGENSEIZOEN aanbrak, waren er nog maar weinig muizen in het dorp en die enkelingen zagen hoe Hathi en zijn zonen de laatste krakkemikkige KROTTEN neersloegen met hun slurf. Daarom verlieten ook zij het dorp.

Enkele dagen later ging Mowgli Hathi bedanken voor zijn waardevolle hulp.

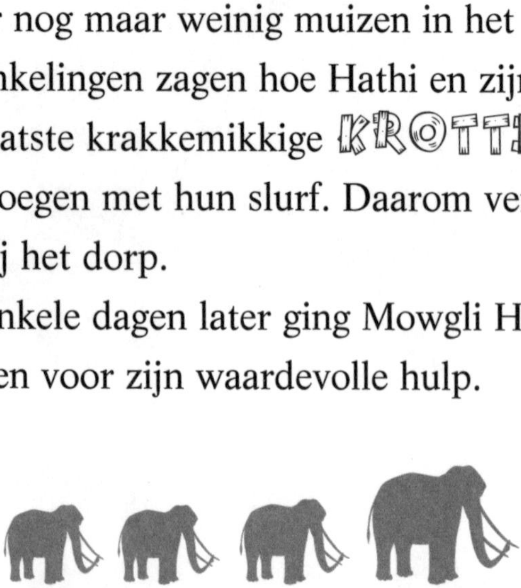

Terugkeer naar de Koude Krotten

Enige tijd ging voorbij en Kaa vervelde voor de zoveelste keer. Dat was een BELANGRIJK moment voor een slang en toen Mowgli het hoorde, snelde hij naar Kaa om hem te feliciteren met zijn nieuwe glanzende schubben.

Na het avontuur bij de KOUDE KROTTEN, waren Mowgli en Kaa dikke vrienden geworden, zo dik zelfs dat in de jungle niemand het zo goed kon vinden met de python als het muizenjong. Mowgli vond het leuk om zich in de gespierde KRONKELS van de slang te nestelen. Iedere dag daagden ze elkaar uit en hielden ze de grappigste wedstrijden. Maar Kaa lette goed op dat hij niet te veel **KRACHT** gebruikte zodat hij zijn vriend Mowgli geen pijn deed.

Op een middag besloten ze, na een lange zwempartij, onder een boom te gaan liggen en wat te kletsen.

Kaa vertelde: ‘Ik ben op jacht geweest bij de KOUDE KROTTEN, een plaats die jij je heel goed zou moeten herinneren!’

Mowgli glimlachte terwijl hij terugdacht aan zijn AVONTUUR met het Apenvolk.

Kaa vervolgde: ‘Ik heb mezelf ertoe gedwongen om wat rond te neuzen in de kelders van het verlaten paleis en ik heb daar een bijzondere ontmoeting gehad…’

‘Vertel op, Kaa! Hou me niet zo in spanning…

Ik ben echt nieuwsgierig!'

'Rustig, rustig, muizenjong... Ik heb een witte cobra ontmoet die mij toevertrouwd heeft dat hij de bewaker is van een schat, waarvoor de muizen bereid zouden zijn te sterven!'

Mowgli ROLDE ongelovig met zijn ogen: 'En heb jij die schat gezien!?'

'Die interesseert me niet, want er zit niets eetbaars bij. Maar jou zou het misschien wel bevallen...'

Mowgli zei: 'Je hebt me nieuwsgierig gemaakt. Misschien kunnen we een wandelingetje maken om te zien waar je het over hebt.'

Kaa GLIMLACHTE: 'Ik wist het wel! Mijn vriend de cobra verwacht ons al.'

Mowgli en Kaa gingen op stap en kwamen bij zonsondergang aan bij de Koude

Krotten. De apen waren er niet en de Verloren Stad was rustiger dan ooit. Ze daalden af in de diepte en volgden de vervallen gang tot ze in een **donkere kamer** terechtkwamen. De wortels van de bomen hadden gaten geslagen in het plafond.

Mowgli zei tegen Kaa: 'Dit is echt een *mooi* krot!'

Een onbekende stem onderbrak hem: 'Wie ben jij, die de mond heeft van een muis en de taal spreekt van de slangen?'

Mowgli draaide zich om en zag een witte cobra zijn kop oprichten.

Uit *beleefdheid* zei hij: 'Goede jacht. Ik ben Mowgli en ik ben gekomen omdat je met Kaa gesproken hebt.'

'De grote python moet je over de *schat* verteld hebben die hier verborgen ligt. Ik ben de

bewaker en ik vind het goed dat je even **KIJKT**, als je wilt. Je mag ook iets meenemen, maar dan moet je wel zorgen dat je hier levend uitkomt!'

Mowgli zette een paar stappen en merkte dat de vloer bedekt was met gouden voorwerpen en kostbare stenen. Hij zei: 'Ik heb zulke dingen weleens gezien in het dorp, maar er werd alleen maar **RUZIE** om gemaakt. Ze zijn niet eetbaar en dienen nergens toe!'

Maar toen zag hij iets dat zijn aandacht trok: het was een *ankus,* een instrument dat werd gebruikt om olifanten mee te **TEMMEN.** Hij was met kostbare stenen bezet en er waren olifantenfiguren in gegraveerd, die Mowgli deden denken aan Hathi. Daarom zei hij: 'Als je het goed vindt, zou ik dit voorwerp aan een vriend willen laten zien.'

Maar de cobra reageerde **ONVERWACHT...**

Een vreemd dier

Met een vals en VENIJNIG stemmetje siste de witte cobra: 'Je mag doen wat je wilt, maar dit moet hier blijven.' Mowgli keek hem ARGWANEND aan en antwoordde: 'Maak je geen zorgen, ik ben zo weg.' Maar de cobra ging verder: 'Kijk goed, voor je poten liggen tientallen SCHEDELS... niemand is hier ooit *levend* uitgekomen!'

Kaa kwam WOEDEND tussenbeide: 'Toen je mij vroeg om dit verhaal aan een muis te vertellen, heb je niet gezegd dat je hem

wilde DODEN! Mowgli is mijn vriend!'
'Het kan me niet schelen wat ik je wel of niet gezegd heb, nu is hij in *mijn* rijk en hier gelden *mijn* wetten!'
De witte cobra had het VERTROUWEN van Kaa geschonden! Ondertussen siste hij: 'Jongemuis, hier kom je niet levend uit! Niemand komt levend uit mijn huissss...'
Terwijl de witte cobra aan het praten was, SLINGERDE Mowgli de *ankus* naar de slang en pinde hem zo vast op de vloer. Kaa kroop meteen op hem om te zorgen dat hij zich niet meer kon bewegen.
Mowgli opende de muil van de witte cobra en zag dat zijn OUDE tanden droog waren en niet meer in staat om gif te spuiten.
Mowgli LACHTE en liet hem vrij: 'Je bent een kwaadaardig maar ongevaarlijk slangetje!

Nu ik de jacht gewonnen heb, ben ik van plan te pakken wat mij toekomt!'

De witte cobra kon het niet uitstaan dat hij zo vernederd werd en schreeuwde, terwijl hij wegglibberde onder de vloer van het paleis: 'Wat je meeneemt, zal je onheil brengen! Let maar op!'

Een paar minuten later stonden Mowgli en Kaa weer buiten in het MAANLICHT. Toen ze afscheid namen, zei de jongemuis: 'Ik wil dit voorwerp meteen aan Bagheera laten zien.'

De panter was aan het rusten toen Mowgli naar hem toe kwam en hem ENTHOUSIAST vertelde wat er was gebeurd. Daarna vroeg hij nieuwsgierig: 'Waarom zou dit voorwerp ongeluk moeten brengen? Waar dient het eigenlijk voor?'

'Toen ik bij de muizen was, heb ik gezien dat het gebruikt werd om opstandige olifanten mee in hun kop te prikken. En zoals de muizen soms wreed zijn tegenover de dieren, zo kwam het ook voor dat ze hun soortgenoten pijn deden, alleen maar om goud en die gekleurde STENEN te bezitten. Ik weet niet goed waarom, maar zo is het!'
Mowgli werd BOOS: 'Ik wil geen voorwerp houden dat iemand pijn gedaan heeft!'
Zo gezegd, zo gedaan: het muizenjong WIERP de *ankus* weg zo ver als hij kon en zocht vervolgens een lekker plekje op om samen met de wijze panter een dutje te doen.

De witte cobra had gelijk

Mowgli sliep als een marmot en droomde over de *ankus*. Hij mompelde bij zichzelf: 'Ik zou hem nog één keer willen zien!'

Maar de SLAPERIGE stem van Bagheera antwoordde: 'Te laat, broertje, terwijl jij sliep, heeft een muis hem opgeraapt.'

'Laten we dan zijn SPOREN volgen en zien of de witte cobra gelijk had.'

Mowgli en Bagheera gingen op stap en volgden samen de POOTAFDRUKKEN van de muis. Plotseling bleef Bagheera staan:

'Hier worden de pootsporen ONDUIDELIJK...' Mowgli knikte: 'Hier beginnen weer andere! We moeten dit eens even goed BEKIJKEN!' Terwijl ze de sporen bestudeerden, probeerden ze erachter te komen wat er zich had afgespeeld. De muis die de *ankus* had opgeraapt, was opgemerkt door een andere muis, met kleinere pootsporen. Die had hem op een afstandje gevolgd tot ze op een open plek met elkaar in botsing kwamen en elkaar te lijf waren gegaan. Maar slechts één van de twee, de kleinste, had zijn weg VERVOLGD.

Mowgli gaf commentaar: 'Muizen vechten werkelijk om de meest nutteloze dingen!'

Bagheera gromde: 'Ik geloof niet dat het hier ophoudt! Kom, we proberen de sporen van de

kleine muis te volgen!'
Mowgli en Bagheera bestudeerden de overgebleven afdrukken. Ze ontdekten dat de kleine muis een groep van vier andere muizen tegen het lijf gelopen was en dat er een WORSTELING had plaatsgevonden!
Terwijl ze de meest verse sporen volgden, vonden Mowgli en de panter de vier knagers uitgestrekt rond het VUUR met de *ankus* tussen hen in.
Mowgli fluisterde: 'Slapen ze?'
Bagheera sloeg ze aandachtig gade: 'Ja, en zo te zien zijn ze zelfs in diepe dromen verzonken!'
Mowgli greep de *ankus:* 'Dit voorwerp heeft nu al het ene onheil na het andere veroorzaakt! Ik neem het weer mee en geef het terug aan de witte cobra.'
'Broertje, het is niet het voorwerp dat

kwaad sticht, het zijn de verlangens van de muizen die fout zijn!'

'Maakt niet uit! Ik zal doen wat ik heb gezegd!'

Mowgli nam de *ankus* mee en **RENDE** samen met Bagheera aan één stuk door naar de Koude Krotten.

Hij vond een opening die in verbinding stond met het hol van de witte cobra. Hij wierp de *ankus* erin en **SCHREEUWDE:** 'Witte cobra, je had gelijk! Dit voorwerp brengt alleen maar ongeluk! Zoek een jonge helper en zorg ervoor dat geen enkele muis, voor zijn eigen bestwil, met zijn poten nog aan je schat kan komen!'

Een nieuw gevaar ligt op de loer

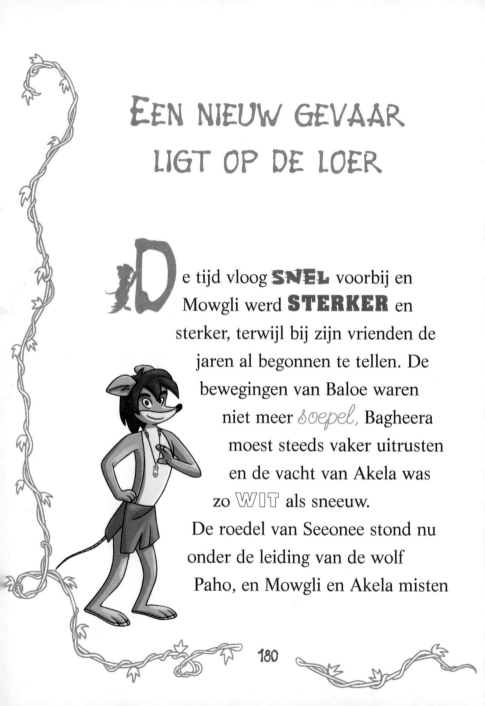

De tijd vloog **SNEL** voorbij en Mowgli werd **STERKER** en sterker, terwijl bij zijn vrienden de jaren al begonnen te tellen. De bewegingen van Baloe waren niet meer *soepel,* Bagheera moest steeds vaker uitrusten en de vacht van Akela was zo WIT als sneeuw.

De roedel van Seeonee stond nu onder de leiding van de wolf Paho, en Mowgli en Akela misten geen enkele bijeenkomst bij de Rots van de Raad. Na de **NEDERLAAG** van Shere Khan was de rust in de jungle teruggekeerd. Maar op een vreselijke avond weerklonk langs de stroom Waingunga een roep waarvan je haren overeind gingen staan: het was de alarmkreet van de jakhals, een speciale schreeuw die de bewoners van de JUNGLE waarschuwde voor een groot dreigend gevaar. Zodra de kreet door de jungle weergalmde, DRAAFDEN de moeders en de jongen naar hun hol, terwijl Mowgli en Akela zich snel naar de Rots van de Raad begaven. De volwassen mannetjes hadden zich al onder het grote **rotsblok** verzameld.

Mowgli vroeg: ‘Wat is er gebeurd?’
‘We weten niet precies wat er aan de poot is, wij zijn ook net aangekomen…’

De zin van Paho werd onderbroken door gehijg, het geritsel van bladeren en het gekraak van brekende takken. Een **EENZAME** wolf, die buiten adem was en meerdere kale plekken had, **plofte** neer tussen de wolven.

Mowgli vroeg hem: 'Wie ben je? Weet jij iets over de alarmkreet die weerklinkt?'
Met het laatste beetje lucht dat hij nog in zijn longen had, sprak de wolf: 'De rode honden! Ze verplaatsen zich in roedels: het zijn er veel en ze zijn uitgehongerd. Ze zeggen dat er op hun GRONDGEBIED geen wild meer is. Ze grijpen alles wat ze vinden en ze hebben er geen problemen mee om iedereen die hun pad kruist, te vermoorden. Het is ook mijn *familie* overkomen...'
Deze laatste woorden bleven in zijn keel

steken. Mowgli bood hem voedsel aan, en de wolf at het GRETIG op.
Toen hij weer wat op krachten gekomen was, zei hij: 'Ik zal je voor dit geschenk belonen. Maar nu komen de rode honden eraan, we moeten hier weg!'
Mowgli schreeuwde: 'Wij gaan hier niet weg, maar we zullen vechten om ons grondgebied te verdedigen!'
De hele roedel huilde bij wijze van goedkeuring. Maar de rode honden waren echt een gevaar: het waren meedogenloze jagers, berucht om hun WREEDHEID. En nu waren ze met velen, het zou geen gemakkelijke strijd zijn. Maar de inzet was groot: de JUNGLE moest van deze indringers gered worden!

MOWGLI EN KAA HEBBEN EEN PLAN

Akela sloop naar Mowgli toe en fluisterde: 'Ik wil ook **vechten!** Het zal mijn laatste gevecht zijn, want ik ben inmiddels al oud, maar het zou me *gelukkig* maken als ik kon strijden voor mijn vrienden. Maar nu moet jij jezelf in veiligheid brengen!'

Mowgli draaide zich **BELEDIGD** om: 'Geen sprake van! Ik maak deel uit van de roedel en ik zal samen met de roedel vechten!'
'Luister, Mowgli. Het zal een gevecht op *leven*

en dood worden en jij bent niet verplicht om hieraan deel te nemen.'

Maar Mowgli zei trots: 'Ik heb gezegd dat ik erbij zal zijn en ik heb mijn woord gegeven. Ik ga nu op pad om erachter te komen hoeveel rode honden er zijn en op welke AFSTAND ze zich bevinden.'

Mowgli verdween in de DUISTERNIS van de nacht: hij was zo opgewonden door zijn nieuwe

opdracht dat hij over het lijf van Kaa struikelde. De dikke python siste: 'Broertje! Is dit de manier om op stap te gaan in de JUNGLE?'

'Sorry, Kaa. Ik was je aan het zoeken! Heb je de strijdkreet gehoord?'

'Je weet toch dat wij slangen nogal hard-horend zijn! Vertel op, wat is er aan de poot?'

Mowgli vertelde Kaa wat hij te weten was gekomen en vroeg hem om raad. De **DIKKE** python zei: ‘Daar moet ik eens goed over nadenken…’

En dus ROLDE Kaa zich op en begon zijn hersens de pijnigen: hij leek te slapen, maar hij dacht aan één stuk door. Mowgli lag tussen zijn rondingen en genoot van de rust vóór de jacht. Uiteindelijk, bij het KRIEKEN van de dag, deed de slang zijn ogen open en zei: ‘De rode honden moeten natuurlijk de Waingunga doorwaden en dan kunnen wij… kom mee, broertje, ik zal het je laten zien!’

Ze bereikten de oevers van de rivier en daar zei Kaa tegen Mowgli: ‘Hou je aan mij vast, dat gaat vlugger!’ De jongemuis klemde

zich aan het lange lijf van de python vast en samen lieten ze zich meeslepen door de stroming van de rivier, die op die plaats nogal sterk was.

Toen ze bij de plek kwamen waar de rivier versmalde en een vernauwing vormde waar alle DIEREN bang voor waren, dook Mowgli onder en stak alleen zijn snuit boven water. Het waren niet de WATERVALLEN die dichterbij kwamen en ook niet de SCHERPE stenen die onverwacht aan de oppervlakte kwamen die hem bang maakten. Hij vreesde eerder voor de DONKERE bijenkorven waarmee de rotsen langs de oever bezaaid waren. Het waren de nesten van de wilde bijen uit India die in staat waren om elk willekeurig dier uit te schakelen.

Om niet in de WATERVALLEN te storten die al dichtbij waren, verankerde Kaa zich met zijn staart aan een uitstekende rots en fluisterde Mowgli in het oor: 'Dit is het rijk van het Kleine Volk, met andere woorden het grondgebied van de bijen. Zij zullen onze bondgenoten zijn, zonder dat ze het zelf weten!'
Mowgli luisterde naar het plan en GLIM-LACHTE: 'Kaa, dit is *perfect!* Ik ga het terrein verkennen, we komen beneden aan de berg weer samen.'
Geruisloos waagde Mowgli zich in de jungle, op zoek naar informatie. Een uur later zag hij onder aan de berg Kaa, Akela en Paho die hem stonden op te wachten. Ze hadden maar weinig woorden nodig om elkaar te begrijpen en een afspraak te maken voor de volgende avond, voor de grote **ONDERNEMING!**

De hulp van het Kleine Volk

De volgende morgen, kort voor de middag, haastte Mowgli zich langs de oever van de Waingunga. In de verte hoorde hij het geblaf van de rode honden, die inmiddels de wolf, die de vorige avond bij de Rots van de Raad beland was, op het SPOOR waren gekomen. Mowgli zat op de laagste takken van een BOOM en wachtte geduldig. Toen de groepsleider binnen stembereik was, trok Mowgli zijn aandacht: 'Hé, honden! Een goede jacht… Vertel mij eens: waar lopen

jullie zo HAASTIG naartoe?'
De rode honden toonden meteen hun hoogmoed: 'Aap van de BOMEN, hoe durf je ons zo aan te spreken?!'
Mowgli deinsde niet terug: 'Jullie zijn gewoon een stelletje harige poten!'

Hij lachte terwijl hij voor hun neus zijn tenen druk **heen** en **weer** bewoog. De rode honden verzamelden zich onder de boom en probeerden Mowgli te bijten. Maar die deed niets anders dan hen uit te dagen en andere GRAPPEN met hen uit te halen. Het was zijn bedoeling om de honden kwaad te krijgen en ze zo bezig te houden totdat de bijen 's avonds naar hun korven zouden terugkeren, na het verzamelen van STUIFMEEL. Met behendige sprongen ondernamen de honden pogingen om Mowgli

te pakken te krijgen.
Hij liet zijn poten vlak boven hun koppen bungelen om ze te treiteren. Toen de leider wat hoger sprong pakte Mowgli zijn mes en sneed een pluk van zijn vacht af. Hij zwaaide ermee zodat iedereen het kon zien: 'Je hebt je laten vangen! Zelfs een jong zou het beter doen!'
De roedel werd RAZEND en Mowgli wist zeker dat de honden niet weg zouden gaan voordat ze hun tanden in hem hadden gezet.
Mowgli daagde hen uit: 'Goed zo! Jullie zijn trouwe bewakers!'
De honden jankten DREIGEND: 'We zullen je achtervolgen tot aan het einde van de wereld!'
Dat liet Mowgli zich geen twee keer zeggen en hij sprong naar de BOOM ernaast.
De roedel volgde hem OPLETTEND. Toen

sprong hij op de grond en rende in een NOODTEMPO naar het grondgebied van het Kleine Volk. Achter hem blaften de rode honden. Om ervoor te zorgen dat ze hem zouden blijven achtervolgen, deed Mowgli van tijd tot tijd alsof hij struikelde, waardoor de honden VERSNELDEN in de hoop hem met hun tanden te kunnen verscheuren.

Ondertussen waren de bijen door al die verwarring zenuwachtig geworden. Een zwarte, gonzende wolk steeg woest op. Gelukkig was de rivier nu nog maar op een steenworp afstand: Mowgli nam een aanloop, en dook met een sprong in het water. Kaa wachtte op een rotsblok vlakbij om hem er weer uit te trekken.

De strijd van Akela en de wolven

Totaal onverwacht werden de rode honden aangevallen door het Kleine Volk van de Bijen. Ze jankten bij elke STEEK die ze kregen, en werden door de woedende zwerm in de rivier gedwongen waar ze meegesleurd werden door het geweld van de stroming.
Ondertussen was Mowgli al bergafwaarts gerend, waar zijn vrienden hem opwachtten. De rode honden die de aanval van de bijen en de **kolkende** stroming overleefd hadden, moesten het nu nog opnemen tegen de wolven.

Die waren vastbesloten om hun GRONDGEBIED koste wat kost te verdedigen. Jammer genoeg was het waar wat er werd gezegd over de formidabele weerstand van de honden: diegene die bergafwaarts kwamen, vochten met een grimmige snuit en een buitengewone vastberadenheid. De jungle had nog nooit zo'n VERSCHRIKKELIJKE slag meegemaakt. Mowgli vocht tegen meerdere razende honden en Grijze Broer en de andere zonen van mama Wolf deden hetzelfde. Maar de zwaarste krachtsinspanning was die van Akela. Toen de rode honden na een hele nacht vechten inzagen dat het beter was om voor altijd naar hun eigen GEBIED terug te keren, lag Akela uitgeput in de armen

van Mowgli. De jongemuis omhelsde zijn wolvenvriend stevig en zijn witte vacht werd nat van de TRANEN.

Akela murmelde: 'Er is veel tijd voorbijgegaan sinds je bij de Rots aan ons werd voorgesteld... Mowgli, jij hebt vandaag de roedel gered zoals de roedel jou toen redde. Ik ben TROTS op je. Ik beveel je maar één ding: hoewel jij onze broeder bent, ben je ook een muis... Voor je eigen bestwil, keer terug naar de muizen!'

Na deze woorden sloot Akela zijn OGEN voorgoed en Mowgli streelde hem terwijl hij zijn kop omhoog hield, zodat de wolven rondom hem niet zouden vergeten dat Akela een **GROOT** leider was.

Die nacht klonk er een gekweld geluid door de jungle: het gehuil van de roedel wolven, die voor de laatste keer afscheid namen van Akela.

Mowgli is ongerust

De LENTE brak aan. Het was het seizoen waarin alle DIEREN hun dagelijkse beslommeringen vergaten, om zich te wijden aan het bezingen van het leven en op zoek te gaan naar nieuwe liefdes. Normaal gesproken was dit ook het lievelingsseizoen van Mowgli: zodra de eerste rode bloemen uitkwamen, vertrok hij om een eindje te gaan LOPEN, want dat had hij nodig om zijn vreugde te uiten. Maar dat jaar was er iets vreemds…

Mowgli voelde zich tekort gedaan toen hij zag

hoe Bagheera zijn gezang uitprobeerde, of hoe Baloe danste in het licht van de volle maan. Zelfs zijn wolvenbroeders hielden zich bezig met de gezangen van het seizoen en lieten zich niet meer zien.

Mowgli voelde zich verlaten en vreemd. Zijn bui ging van spontane vrolijkheid over in sombere droefheid en hij was **WOEDEND,** maar hij wist niet goed op wie of wat. Hij had zin om alles overhoop te gooien maar werd plotseling overmand door een zware **vermoeidheid** en hij sliep hele middagen.

Op een dag, toen hij zichzelf bezorgd bekeek in een spiegelende waterbron, dacht hij: 'Zou ik giftige wortels

hebben gegeten? Of heb ik me geprikt aan een doorn die ik niet ken? Misschien is dit vreemde gevoel het teken van een of andere ziekte?'

Maar die gedachte stelde hem ook niet gerust en nog steeds boos en somber, besloot hij hals over kop te VERTREKKEN om een heel eind te gaan lopen.

Wat zou er toch met hem aan de poot zijn?

Terugkeer naar het dorp

Mowgli liep tot hij buiten adem was en liet het deel van de jungle dat inmiddels zijn thuis geworden was achter zich. In de buurt van een moeras stopte hij even om uit te rusten. Hij hoorde twee buffels praten over een muizendorp NIET VER daar vandaan. Dezelfde avond begaf hij zich op weg naar het noorden en na een uur lopen, zag hij het vuur dat de ramen van een stel hutten VERLICHTTE. Hij kwam dichterbij om beter te kijken. De honden snoven zijn geur op en begonnen te blaffen.

Plotseling zwaaide de deur van een hut open. Een knagerin spitste haar oren en zei: 'Er is niemand… het zijn de honden maar!' Het hart van Mowgli maakte een sprongetje van blijdschap: dat was de stem van Messua! Wat een ontroering!

De jongemuis snelde naar de deur voordat die dichtging. Messua deinsde VERSCHRIKT terug, maar vervolgens maakte haar angst plaats voor vreugde: 'Mowgli! Jij bent het toch, nietwaar?!' De knagerin had dezelfde stem en dezelfde OGEN als in Mowgli's herinnering, ook al waren haar haren grijzer en was haar rug krom. Mowgli GLIMLACHTE lief naar Messua: 'Ja, ik ben Nathoo! Waar is je echtgenoot?'

'Hij is een jaar geleden gestorven. Maar dankzij jouw hulp hebben we nog vele jaren in vrede geleefd en ons brood kunnen verdienen... Maar, hoe gaat het met jou?'
Bij die vraag barstte Mowgli in HUILEN uit en hij luchtte zijn hart in de armen van zijn moeder. Toen hij geen tranen meer had, voelde de jongemuis zich vreemd opgelucht en viel in een diepe slaap. Hij werd gewekt door een poot die aan de deur KRABDE: Grijze Broer had zijn SPOREN tot in het dorp gevolgd. Mowgli begreep dat het tijd was om te gaan. Hij omhelsde zijn moeder en beloofde: 'Ik kom terug.'
Hij stapte naar buiten in de FRISSE ochtendlucht en begaf zich weer op weg naar de jungle in het gezelschap van Grijze Broer. Zodra ze het dorp verlaten hadden, kwamen ze een

knagerinnetje tegen, dat in het wit gekleed was en een bosje BLOEMEN met lange stengels in haar poten hield. Mowgli staarde haar verbluft aan en werd net op tijd wakker GESCHUD om zich in het struikgewas te verbergen. Hij was nog ontroerd toen hij aan Grijze Broer vroeg: 'Zouden jullie me haten als ik me bij de roedel van de muizen zou aansluiten?'

Grijze Broer keek hem strak in de OGEN:

'Zijn wij dan niet bij jou gebleven toen je de eerste keer naar je MUIZENMAMA terugkeerde?'

Mowgli dacht goed na over wat hij zou doen en uiteindelijk zei hij tegen Grijze Broer: 'Ga vooruit en nodig iedereen uit bij de Rots van de Raad.'

Toen Mowgli de Grote Rots bereikte, zag hij daar ook Baloe, zijn wolvenbroers en Kaa. Hij zei: 'Jullie weten het: ik ben een wolf, maar ik ben ook een muis. Er overkomt mij iets vreemds de laatste tijd: ik voel me SOMBER en het is alsof er diep van binnen een *andere ik* is. Misschien moet ik teruggaan naar de muizen...'

Baloe sprak GLIMLACHEND: 'Jij bent in de jungle opgegroeid, maar je wortels liggen in de wereld van de muizen en het is **goed** als je terugkeert naar waar je natuur je roept. Wij zullen altijd van je blijven houden!'

De wolvenbroers verdrongen zich rond Mowgli, toen Bagheera plotseling met een pansprong midden in de groep neerplofte. De panter brulde: 'We hebben je alles gegeven wat we konden en jij hebt met ons hetzelfde gedaan.

We zullen altijd broeders zijn!'
ONTROERD omhelsde Mowgli iedereen. Toen keerde hij terug naar het dorp. Deze keer om er te blijven. Daar ontmoette hij ook het in het wit geklede muizinnetje weer, dat na verloop van tijd zijn echtgenote werd.
Ze leefden gelukkig en in de loop der jaren werd hun hut opgevrolijkt door het gelach van een groot aantal kinderen.
In de JUNGLE wordt nog steeds het verhaal verteld over Mowgli, het muizenjong dat was opgegroeid tussen de wolven, maar terugkeerde om een muis tussen de muizen te zijn…

Het Bijenvolk
Het muizendorp
Het huis van Messua
De bebouwde akkers

De Rots van de Raad
De jungle
De Koude Krotten
De grot van de witte cobra

JOSEPH RUDYARD KIPLING

Joseph Rudyard Kipling, geboren in Bombay (India) in het jaar 1865, dankt zijn naam aan een meer! Zijn ouders leerden elkaar kennen bij het Engelse Meer van Rudyard, en besloten hun eerste zoon naar deze plek te vernoemen.

Op zesjarige leeftijd werd de kleine Joseph naar Engeland gestuurd, waar hij toevertrouwd werd aan de zorgen van een norse gouvernante, die hem heel slecht behandelde. Hij volgde onderwijs bij een privéleraar. Tien jaar later keerde hij naar zijn ouders in India terug, waar hij als journalist begon te werken en verschillende krantenkoppen haalde. Dat was een gelukkige tijd, waarin hij enorm veel reizen maakte.

Op zijn zevenentwintigste werd hij door ernstig geldgebrek genoodzaakt om naar het huis van zijn schoonouders te verhuizen, in de Amerikaanse staat Vermont. Daar begon hij jeugdboeken te schrijven, geïnspireerd op zijn leven in India en zijn vele reisavonturen.

Na enige tijd verhuisde hij met zijn gezin naar Engeland. In 1907 kreeg hij de Nobelprijs voor de Literatuur, de belangrijkste erkenning die een schrijver kan krijgen. Hij stierf in Londen in 1936.

Inhoud

Geronimo Stilton

Serie:

1. Mijn naam is Stilton, Geronimo Stilton
2. Een noodkreet uit Transmuizanië
3. De piraten van de Zilveren Kattenklauw
4. Het geheimzinnige geschrift van Nostradamuis
5. Het mysterie van de gezonken schat
6. Het raadsel van de Kaaspiramide
7. Bungelend aan een staartje
8. De familie Duistermuis
9. Echte muizenliefde is als kaas…
10. Eén plus één is één teveel
11. De glimlach van Lisa
12. Knagers in het donkere woud
13. Kaas op wielen
14. Vlinders in je buik
15. Het is Kerstmis, Geronimo!
16. Het oog van Smaragd
17. Het spook van de metro
18. De voetbalkampioen
19. Het kasteel van markies Kattebas
20. Prettige vakantie, Stilton?!
21. Een koffer vol spelletjes
22. De geheimzinnige kaasdief
23. Een weekend met een gaatje
24. Halloween: lach of ik schiet
25. Griezelquiz op leven en dood
26. Gi-ga-geitenkaas, ik heb gewonnen!
27. Een muizenissige vakantie
28. Welkom op kasteel Vrekkenstein
29. De rimboe in met Patty Spring!
30. Vier knagers in het Wilde Westen
31. Geheime missie: Olympische Spelen
32. Het geheim van Kerstmis
33. De mysterieuze mummie
34. Ik ben geen supermuis!
35. Geheim agent Nul Nul K
36. Een diefstal om van te smullen

Superhelden:

1. De bende van Ratstad

Ook verschenen:

* De grote invasie van Rokford
* Fantasia
* Fantasia II - De speurtocht naar het geluk
* Fantasia III
* Fantasia IV - Het drakenei
* Het boekje over geluk
* Het boekje over vrede
* Het ware verhaal over Geronimo Stilton
* Knaag gezond, Geronimo!
* Knutselen met Geronimo & co
* Koken met Geronimo Stilton
* Reis door de tijd
* Reis door de tijd 2
* Schimmen in het Schedelslot (Of: Het geheim van dapper zijn)
* Tussen gaap en slaap
* De avonturen van Odysseus

Stripboeken Geronimo Stilton:

1. De ontdekking van Amerika
2. Het geheim van de Sfinx
3. Ontvoering in het Colosseum
4. Op pad met Marco Polo
5. Terug naar de IJstijd

Joe Carrot

1. Eén minuut voor middernacht
2. De Vuurpijl

Thea Stilton

1. De Drakencode
2. De Thea Sisters op avontuur
3. De sprekende berg
4. De Thea Sisters in Parijs
5. De verborgen stad
6. Het ijzingwekkende geheim

Stripboeken Thea Stilton:

1. De orka van Walviseiland

Oscar Tortuga

1. Losgeld voor Geronimo
2. Wie wint Geronimo? (Om op te eten...)
3. De schat van kapitein Kwelgeest
4. Blijf met je poten van mijn goud af!

Klassiekers:

* De drie muisketiers (NL)
  De drie musketiers (BE)
* De reis om de wereld in 80 dagen
* Het zwaard in de steen (NL)
  Koning Arthur (BE)
* Schateiland (NL)
  Schatteneiland (BE)
* Het jungleboek
* Onder moeders vleugels

Overig:

* Geronimo Stilton - Dagboek
* Geronimo Stilton
  T-shirt met chocoladegeur
* Geronimo Stilton
  Verjaardagskalender
* Geronimo Stilton - Vriendenboek

Alle boeken zijn te koop bij de boekhandel of te bestellen via de website.

VERZAMEL DEZE WERELDBEROEMDE VERHALEN, BEWERKT DOOR

Geronimo Stilton!

EERDER VERSCHENEN:

* DE REIS OM DE WERELD IN 80 DAGEN
* DE DRIE MUISKETIERS
* HET ZWAARD IN DE STEEN
* SCHATEILAND

LIEVE KNAAGDIERVRIENDEN,
TOT EEN VOLGEND AVONTUUR,
EEN AVONTUUR MET SNORHAREN!
EREWOORD VAN

Geronimo Stilton!